Boris TZAPRENKO

CONFLIT GÉNÉTIQUE

LA TRAQUE et LA FUITE

http://ilsera.com

Remerciements

Je remercie chaleureusement :

Nathalie FLEURET
et
Bernard POTET
Jacques GISPERT
Serge BERTORELLO

À Hugo

PREMIÈRE PARTIE

LA TRAQUE

Masga courait. Elle courait aussi vite qu'elle pouvait, à la limite des capacités de son corps athlétique. Mue par la haine, elle ne sentait ni la fatigue, ni les signaux de douleur émis par ses muscles et ses tendons. Pour éviter un véhicule, elle bondit sur le trottoir sans ralentir sa course. Un homme se trouvant sur son passage reçut un choc si violent sur son épaule droite qu'il fit un grotesque quart de tour, sur un talon, avant de s'écrouler en arrière contre une porte. Elle quitta le trottoir trop encombré, parmi les cris et les exclamations, pour continuer sa poursuite au milieu de la rue. Un petit roulant biroue, qui débouchait à droite dans un croisement, freina brutalement. Elle l'évita de justesse sous le regard interloqué du conducteur.

Masga venait de débusquer ce mut en passant par chance au bon endroit au bon moment : elle allait sortir d'un centre commercial dans lequel elle flânait quand quelques mots atteignant son ouïe l'avaient stoppée net : « C'est un mut, j'en suis sûre... ». Elle s'était retournée. Deux femmes, vêtues de la traditionnelle tunique de la religion gorolane, parlaient devant un étalage de parfumerie :

— Ah !... Tu crois ?

— Je te dis que c'en est un, j'en suis sûre ! C'est un mut !

Masga s'était approchée d'elles pour dire à voix basse :

— Bonjour, Mesdames. Excusez-moi, je viens de vous entendre !

Les deux femmes l'avaient regardée avec une trace d'inquiétude, mais Masga les avait rassurées :

— Ne vous faites pas de souci. Je suis du Parti Muticide.

Il y avait eu un moment de flottement incertain.

— Je vous assure que vous pouvez parler sans crainte, avait ajouté Masga à l'adresse de celle qui avait dit que quelqu'un était un mut. De qui parliez-vous, Madame ?

Comme la femme hésitait encore, Masga lui avait demandé :

— Vous aimez les muts, Madame ? Voulez-vous qu'ils nous envahissent, qu'ils pullulent ?

Elle avait répondu non de la tête.

— Alors, aidez le Parti Muticide ! Dites-moi de qui vous parliez.

La femme avait fait un léger mouvement de tête dans une direction avant de faire mine de regarder ailleurs pour murmurer :

— Le type là-bas, en costume rouge sombre. Je sais que c'en est un.

Celle qui était peut-être son amie, ou quelqu'un de sa famille, avait fait semblant de chercher quelque chose dans son sac à main, tout en lançant quelques regards furtifs à l'homme et à Masga. Après un rapide coup d'œil vers l'individu en question, cette dernière avait fixé son interlocutrice sans rien dire, mais en se composant un visage rassurant et complice.

— Comment savez-vous que c'est un mut ? avait-elle demandé.

— C'est la deuxième fois que je le vois. Il habite près de chez moi. Ses parents font tout pour le cacher le plus possible, mais comme je vous le dis, c'est la deuxième fois que je le vois.

— Et alors ?

— Alors, la première fois, c'était il y a deux ans. Il était beaucoup plus petit.

Elle avait fait un signe avec la main pour montrer une taille :

— Il était à peine haut comme ça, ajouta-t-elle. C'était un enfant.

— Vous en êtes certaine ?

— Oui. Certaine. Je suis très physionomiste.

— Merci, Mesdames. Merci et au revoir. Continuez à faire ce que vous faisiez comme si de rien n'était. Je m'en occupe.

Masga avait pris un air détaché pour s'approcher discrètement de l'homme en rouge qui s'attardait devant un rayon de chemises. Arrivée à quelque cinq mètres de lui, elle avait posé deux doigts sur son paralysant dans la poche de sa veste. L'homme, qui pourtant semblait ne pas l'avoir remarquée, avait choisi exactement ce moment pour s'enfuir. Surprise, il lui avait fallu près d'une seconde pour s'élancer à sa poursuite. Il courait vite en zigzaguant autour des gens et des vitrines de vêtements et de chaussures. La sortie n'était pas loin et c'était dans cette direction qu'il se dirigeait. Elle avait accéléré sa course aussi vite qu'elle pouvait, bousculant quelques personnes au passage. Il était sorti du centre commercial, mais Masga était toujours derrière lui.

À présent, c'était une course éperdue ; il ne fallait surtout pas qu'il lui échappe ! Le fuyard était par moments en vue, mais dans tout ce monde, il était impossible de tirer sans risquer d'atteindre quelqu'un d'autre. Propulsée par sa rage, elle essaya de gagner un peu de terrain sur lui. Ce fut alors que l'inespéré se produisit : celui qu'elle poursuivait percuta un groupe de trois hommes qui marchaient de front. Ils manifestèrent un vif mécontentement et l'un d'eux essaya même de le retenir par le bras.

— Retenez-le ! C'est un mut ! hurla Masga.

Trop tard ! Il avait réussi à se dégager, mais cet incident l'avait cependant visiblement ralenti. Il n'était plus qu'à une vingtaine de mètres devant Masga. Elle tira deux fois, sans cesser de courir. Le deuxième coup parut l'atteindre à l'épaule, mais elle n'en fut pas certaine. Elle tira encore, en criant :

— Dégagez ! Dégagez ! Écartez-vous ! C'est un mut ! C'est un m...

Le dernier mot ne franchit pas ses lèvres. Dans un de ces moments de conscience accélérée, qui analysent tant de choses en si peu de temps, elle sentit que son pied droit était à moitié dans le vide, sur le bord du trottoir. Sa cheville se tordit vers l'intérieur. Elle tomba en avant et son arme lui échappa. Chute brutale ! Elle resta sonnée deux secondes. Un bien court instant ! Mais un instant malgré tout trop long ! Retrouvant en partie ses esprits, elle eut conscience qu'on essayait de la soulever et qu'on lui parlait. Quand toute sa conscience lui fut rendue, elle réalisa qu'un homme la soutenait dans ses bras pour l'aider à s'asseoir. Elle parvint à se relever avec son aide.

— Ça va ? demanda-t-il.

— Ne te mêle pas de ça, toi ! dit quelqu'un.

Elle se retourna. Celui qu'elle poursuivait s'était emparé de son arme et il la dirigeait vers elle. Il lui demanda :

— Qui es-tu ? Que me veux-tu ?

— ...

Son bras droit pendait mollement. Elle ne s'était pas trompée. Il avait bien été touché à l'épaule.

— Pourquoi me poursuis-tu ? Tu fais partie d'un groupe antimut, hein ? C'est ça ?

Les passants commençaient à s'attrouper. Comme elle ne disait rien, il regarda rapidement autour de lui et ajouta :

— Tu ne veux pas répondre ! Bon ! et bien désolé, mais je suis obligé de faire en sorte que tu ne me poursuives plus !

Il tira. Masga sursauta. Sa jambe droite fut presque immédiatement paralysée.

— Toi aussi ! ajouta-t-il, à l'adresse de l'inconnu qui avait aidé Masga à se relever, en tirant une seconde fois.

L'homme émit un petit gémissement en se tenant la cuisse. Masga venait de perdre la partie, elle le savait. Ses yeux remplis de haine soutinrent le regard du tireur. Celui-ci menaça la foule en tenant le paralysant à deux mains, les bras tendus.

— Écartez-vous ! cria-t-il. Écartez-vous !

Les gens prirent rapidement de la distance. L'arme pouvait être très dangereuse. Un trop grand nombre de tirs sur la même personne pouvaient entraîner la mort. Un roulant biroue s'arrêta devant lui dans un crissement de pneus. Il monta derrière son pilote. Le véhicule démarra et, accélérant à pleine puissance, il disparut.

Masga s'assit sur le bord du trottoir et attendit que l'effet de l'arme prît fin. Elle n'avait reçu qu'une seule sphérule de substance paralysante dans la cuisse. Normalement, d'ici une dizaine de minutes, elle devrait retrouver l'usage de sa jambe. Elle avait mal au genou gauche. Conséquence de leur contact brutal avec le sol, ses paumes étaient également douloureuses.

— Pourquoi me regardez-vous comme ça ? demanda-t-elle aux quelques badauds qui restaient là. Allez-vous-en !

Ils obéirent. Bientôt, le flot de passants reprit son cours tranquille. On ne lui accorda que quelques regards outrés, çà et là. Dans ce quartier riche, on n'aimait pas trop ce genre de tenue.

— Il y a d'autres endroits pour s'asseoir que le trottoir ! lui fit remarquer un homme.

Elle se retint de l'insulter. « J'étais à la poursuite d'une de ces ordures de muts ! », allait-elle lui faire remarquer, estimant que c'était une raison suffisante pour qu'on la traite avec reconnaissance. Mais un léger tapotement sur son épaule gauche lui fit tourner la tête. Le jeune homme qui était venu à son secours était là. Il venait d'attirer son attention du bout des doigts. Sur le moment, elle l'avait oublié, mais là elle le trouva instantanément très beau, s'étonnant même de ne pas l'avoir remarqué plus tôt.

— Excusez-moi ! dit-il. Je vous ai vu courir après le mut. J'ai essayé de vous aider, mais ce n'était pas facile de vous rattraper tous les deux. En courant, j'ai bousculé une personne qui n'a pas apprécié et elle m'a fait perdre mon temps.

Elle rit sans le moindre motif, car il n'y avait rien de risible, mais... le rire est souvent un réflexe de timidité.

— J'ai essayé de récupérer votre arme, mais quand je vous ai vue sans connaissance, j'ai fait la bêtise de la poser pour vous secourir. Il en a profité pour s'en emparer. À cause de ça, il vous a tiré dans la jambe.

— Oui, mais... ce n'est pas de votre faute.

Réalisant qu'il se tenait sur une seule jambe, elle ajouta :

— Il a tiré sur vous aussi, ce salaud !

Il prit un air désolé.

— Il a tiré plusieurs fois sur vous ?

— Non, une seule, heureusement !

— Désirez-vous que j'appelle un roulant, proposa-t-il ?

— Non ! Non merci ! Je vais attendre que ma jambe se remette à fonctionner et on verra ensuite.

— Dans ce cas, je vais attendre avec vous. Si vous le permettez ?

— Bien sûr ! Bien sûr ! C'est gentil.

Il s'assit près d'elle.

— Alors, comment en êtes-vous venue à le poursuivre ? Vous a-t-il agressée ? Ou bien...

— Pas du tout ! Je suis membre du Parti Muticide, dit-elle sans dissimuler sa fierté.

— Ah bon !

— Je n'ai que vingt-deux ans, mais j'y suis très active. Je fais partie de ceux qui pensent qu'il est urgent de contrôler la situation. Si nous les laissons faire, il sera bientôt trop tard. Vous ne pensez pas ?

— Certainement ! Mais j'avoue honteusement que je ne suis pas aussi actif que vous. J'aimerais bien me rendre utile, mais je ne sais pas trop comment m'y prendre. Vous êtes la deuxième personne que je rencontre faisant partie d'un mouvement de lutte. J'avais une amie qui me parlait du Front Homo Sapiens, mais...

— Mais... ? demanda Masga, consciente qu'elle était plus intéressée par un complément d'information concernant l'amie en question que par toute autre chose.

— Mais, nous nous sommes séparés il y a plusieurs mois et je ne me suis pas renseigné au sujet du Front Homo Sapiens. Peut-être parce que je n'avais pas envie de la revoir là-bas.

Elle fit l'effort de ne pas lui demander si c'était pour éviter de souffrir à cause du fort attachement qu'il lui portait encore, ou au contraire (ce qu'elle espérait) parce qu'il n'appréciait plus sa présence.

— De toute façon, ce sont des mous au Front Homo Sapiens ! affirma-t-elle, un pour cent parce qu'elle le pensait, quatre-vingt-dix-neuf pour cent pour l'encourager à éviter tout risque de revoir son ancienne compagne. Ce sont des mous. Ils ne sont bons qu'à discuter pendant que les muts prolifèrent et s'apprêtent à nous dominer. Je veux bien vous présenter au responsable local du Parti Muticide de la place des Grands Platanes, si vous voulez ! Vous verrez que ce ne sont pas des mous, eux !

— Je veux bien, répondit l'homme en souriant.

— Eh bien, c'est d'accord ! Je vous présenterai au plus tôt. Ce soir même, si vous voulez ! Au fait, je m'appelle Masga.

Il serra doucement la main qu'elle lui tendait, en répondant :

— Très enchanté, Masga ! C'est d'accord pour ce soir. Je suis Bého. Bého Thaiz.

— Masga Kie, précisa-t-elle.

Sa jambe refonctionnait déjà depuis au moins une minute, mais elle ne le réalisa qu'à présent. Il était trois heures de l'après-midi. Quelques passants leur jetaient des regards désapprobateurs.

— Ça va mieux. Vous aussi on dirait, non ? On y va ? proposa-t-elle, en s'apprêtant à se lever.

— D'accord ! Ça va mieux aussi, en effet. Je vous suis.

Il l'aida à se remettre sur pieds.

— Il faudrait peut-être soigner vos mains, elles sont...

— Ce n'est rien ! Petites égratignures. Pas grave !

Ils se mirent en marche. Masga avait momentanément oublié sa mauvaise aventure ainsi que le mut. Elle avait bien du mal à dissimuler son trouble ; Bého l'impressionnait beaucoup.

— Je suis conscient de l'importance du sujet, dit-il. Mais, comment dire ?... Disons que vous semblez vraiment très mobilisée par cette cause. Je vous ai vue en chasse tout à l'heure... Vous y mettiez une ardeur !... Vous les haïssez, n'est-ce pas ?

Intimidée, elle se contraignait à ne pas le dévisager autant qu'elle en avait envie, mais elle profitait de la conversation pour le regarder. Elle le trouvait vraiment très beau. Espérant être à son avantage, elle passa une main dans ses longs cheveux bleus métallisés (la mode était aux reflets métal) en se disant qu'après une pareille aventure sa coiffure devait être une horreur. Elle réalisa qu'il venait de lui poser une question.

— Oui, je les hais ! Je les hais de toute mon âme. Et vous ?

— Moi, je ne les aime pas. Je sais qu'il est important de ne pas leur laisser le champ libre. Je suis prêt à les combattre.

— Vous pourriez tuer ?

— S'il le fallait, sans problème. Et vous ?

— Oui, bien sûr ! Avec plaisir, même ! Mais le Parti Muticide dit qu'il est très important d'en capturer. Ça permettrait d'étudier leur cerveau pour mieux les connaître et ça permettrait aussi de les faire parler pour obtenir des informations.

— C'est le Parti qui vous a fourni l'arme ?

— Oui. À ce propos, je vais me prendre un savon. Ne dites pas que le mut me l'a volée, s'il vous plaît, parce que s'ils l'apprennent ce sera pire. Je ne sais pas comment leur expliquer ça.

— Dites que c'est de ma faute.

— Hein ! Comment ça ? Mais, non !... C'est très gentil, mais c'est impossible. Comment pourront-ils croire une chose pareille ? Et même si c'était possible, il est hors de question que vous subissiez les conséquences de mon erreur à ma place !

— Si, c'est possible. Faites-moi confiance ! Dites que c'est moi qui vous ai conseillé... Que dis-je conseillé ! Dites même que je vous ai arraché votre arme, que je l'ai fait tomber et que le mut s'en est emparé à ce moment-là.

— Mais, non ! Ça, jamais de la vie ! Pourquoi vous mettrais-je ça sur le dos ? Il n'en est pas question !

Elle s'était arrêtée pour mieux exprimer son étonnement. Il la prit doucement par le bras pour l'inviter à reprendre la marche et lui dit avec un sourire qu'elle eut voulu garder à tout jamais en mémoire :

— Faites-moi confiance. Je me débrouillerai. Dites que je suis prêt à donner une explication. Je me débrouillerai. Ne vous faites pas de souci pour moi. N'oubliez pas que j'ai eu cette arme en main un petit moment et que je l'ai stupidement posée sur le sol. J'aurais pu la mettre dans ma poche avant de venir vous aider. C'est donc de ma faute.

Il lui sembla si sûr de lui ! Il était si convaincant !

— D'accord... Si vous le dites. Mais ils vont être furieux contre vous, vous savez ?

— Sur le moment sans doute, mais plus du tout dès qu'ils auront entendu mon explication. Ne vous inquiétez pas, Masga ! Tout va bien se passer.

Entendre son prénom prononcé par sa voix grave et chaleureuse la troubla tant qu'elle en oublia de lui demander quelle était cette explication miracle.

CONFLIT GÉNÉTIQUE

***

L'antenne du Parti Muticide qui avait recruté Masga se trouvait place des Grands Platanes, dans un quartier de classe moyenne. Quelque deux cents membres s'y donnaient rendez-vous deux fois par semaine, le lundi et le jeudi soir. Le local était cependant ouvert tous les jours, occupé par un noyau dur constitué d'une vingtaine d'adhérents.

Masga attendait Bého à la terrasse d'un petit café, situé à cinquante mètres de l'entrée du Parti, à l'ombre des grands arbres éponymes qui avaient nommé la place. Les Muticides s'y retrouvaient si souvent que le lieu semblait être une annexe de leur mouvement. C'était un jeudi soir. Masga avait volontairement pris place à une table située un peu en retrait sous un arbre, tout au bord de l'espace alloué au café sur le large trottoir. Il était 21 h. Elle s'était maquillée et coiffée avec une extrême application pour plaire à Bého, mais elle espérait en même temps qu'il ne le remarquerait pas trop. C'était intimidant de se dire qu'il risquerait de penser qu'elle s'était faite belle pour lui. En effet, ce n'était pas toujours facile de gérer des sentiments aussi antinomiques ! D'aucuns souriraient en philosophant sur la complexité de l'âme féminine, mais bon, convenons que d'aucunes auraient à n'en pas douter autant d'autres motifs pour en faire de même sur l'esprit des hommes.

Ils s'étaient tous les deux séparés à dix-huit heures après qu'il l'eut raccompagnée jusque devant chez elle. Il lui avait conseillé de désinfecter les légères blessures de ses mains et l'avait quittée en promettant de la voir au moment et à l'endroit convenu.

Elle accorda un sourire rapide à un Muticide qu'elle connaissait et qui passa devant elle. C'est alors qu'une étrange impression l'envahit en un bref instant. Buvant lentement une gorgée de café, elle essaya d'analyser ce qu'elle ressentait. Cela avait un rapport avec cette connaissance qui s'était brièvement approchée d'elle avant d'aller s'asseoir quelques tables plus loin. Elle n'aurait su comment décrire cette sensation ; dans une tentative, elle aurait dit que ça ressemblait à une ambiance, ou à une atmosphère, inexplicablement déplaisante. Elle repensa à Bého. C'était avec lui que cette étrange impression avait commencé. Mais avec lui c'était une ambiance ou une atmosphère plaisante, chaleureuse. Avec lui c'était comme si... Elle eut du mal à trouver des mots pour l'exprimer. C'était comme si... comme si son esprit recevait des caresses. Mais ça ne voulait rien dire, bien sûr !

Elle haussa les épaules, se moquant d'elle-même. En tout cas, elle était très heureuse d'avoir fait sa connaissance et elle espérait qu'aucune autre femme ne viendrait traîner entre elle et lui.

Je ne peux tout de même pas lui mettre la perte du paralysant sur le dos, se dit-elle. Ce ne serait vraiment pas bien... Un petit tintement se manifesta dans son cerveau et « Bého » fut prononcé. Elle accepta la communication. Son implant encéphalique, plus communément appelé « céph », s'adressa à son aire auditive pour lui faire entendre la voix de celui qu'elle attendait :

— Masga, je suis presque arrivé. Je suis en train d'approcher du bar que vous m'avez indiqué.

— Oui, je vous vois, je suis là ! répondit-elle, en lui faisant un petit signe de la main. Je vous rejoins.

Elle coupa la communication céphonique, se leva et alla à sa rencontre. Il la regarda avec une fascination visible. Elle en éprouva une vive satisfaction, mais elle se sentit tant rougir qu'elle préféra dissimuler son trouble par une attitude décidée.

— Allons-y sans tarder ! dit-elle, sur un ton qu'elle voulut presque autoritaire.

Il la suivit en souriant.

— Alors, c'est entendu, n'est-ce pas ? Pour le paralysant, dites-leur que c'est de ma faute. Je me débrouillerai.

— En fait, je...

Il l'attrapa par la main et plongea son regard dans le sien.

— S'il vous plaît, Masga !

Elle soutînt son regard deux ou trois secondes et s'entendit capituler :

— D'accord, puisque vous insistez tant !

Quelle étrange sensation ! J'ai vraiment l'impression qu'il me caresse l'esprit ! se dit-elle.

Ils firent quelques pas de plus et elle s'arrêta devant un perron. « Parti Muticide » était écrit en gros au dessus de la porte.

— Nous y sommes, dit-elle. Entrons.

Au bout d'un couloir, une grande pièce. Les quelque deux cents membres étaient assis sur des rangées de chaises. La salle n'était pas tout à fait pleine. Tous les regards étaient dirigés vers trois personnages, assis derrière un bureau sur une estrade. En arrière-plan, sur le mur en face, un portait holographique de Mika Sakar.

— Celui qui parle, au milieu, c'est Mox Purol, dit Masga à l'oreille de Bého. C'est notre responsable local. Allons nous asseoir au fond.

Ils prirent place presque au milieu de la septième rangée, près de l'allée centrale.

— Ce soir, disait Mox Purol, comme tous les jeudis soir, nous allons accueillir les nouveaux membres qui viennent renforcer nos rangs. Certains d'entre eux ont déjà manifesté leur désir de nous rejoindre et se sont inscrits lundi dernier. Je leur avais demandé d'attendre aujourd'hui pour que je vous les présente. C'est à ceux-là que je m'adresse : je vous prie de venir sur l'estrade, là, à ma droite.

Il y eut des murmures, un peu d'agitation en certains endroits de la salle puis quatre hommes et cinq femmes montèrent sur l'estrade.

— Bonjour, sœurs et frères de lutte ! dit Purol.

Il prit une carte en main et lut :

— Madame... Korina Lamarde.

— C'est moi, fit timidement une femme.

— Approchez, Madame Korina Lamarde ! Voici votre carte du parti. Félicitations !

Madame Lamarde tendit la main pour prendre possession de sa carte de membre sous les applaudissements.

Le même protocole se répéta pour les huit autres nouveaux membres. Quand ce fut fini, Mox Purol déclara :

— Le Parti Muticide est donc heureux de recevoir neuf nouveaux frères et sœurs de lutte. S'il y a dans cette salle des personnes qui veulent encore épouser nos valeurs et combattre pour notre cause, nous nous ferons un plaisir de recueillir leur inscription à la fin de cette séance. Ils peuvent s'adresser à moi-même ou bien à l'un de mes collaborateurs, ici à mes côtés. Madame Mie Kilami, à ma droite et Monsieur Solendivo Kermin, à ma gauche. S'il y a des personnes intéressées qu'elles lèvent la main, s'il vous plaît.

Quelques mains émergèrent, notamment celle de Bého qui la leva bien haut.

— Vous êtes déjà décidé ? souffla Masga, visiblement contente.

— Pourquoi attendre, n'est-ce pas ?!

— Un, deux... cinq... six... huit... Douze futurs nouveaux membres, compta Mox Purol. C'est formidable ! Une véritable armée est en ordre de marche ! Les muts peuvent se faire du souci, car nous allons leur mener la vie dure, n'est-ce pas ?

Le « n'est-ce pas ? » fut crié, presque hurlé. Et à cet appel la foule récita à pleins poumons : « Une armée de Muticides pour un monde sans muts ! ». La phrase fut répétée trois fois, tous les bras droits levés bien verticalement, poing serré. Bého, observant que Masga à fond dans l'ambiance tonitruait aussi fort que possible, se mit à faire de même.

***

Il était 23 h 20. Il ne restait plus que la vingtaine de membres du noyau dur dans la grande salle de réunion du Parti Muticide. Bého observait Mox Purol.

C'était un homme de grande taille très mince, pour ne pas dire maigre. Sa manière de marcher avec effort, comme quelqu'un qui porte une lourde charge, trahissait le fait qu'il avait dû passer une longue période sur un monde de faible gravité, comme la Lune ou Mars. Vu qu'il n'avait pas du tout l'accent martien, Bého pensa que ce devait être plutôt la Lune, en fait.

— Bonsoir, Mox ! lui dit Masga en lui serrant la main.

— Bonsoir, Masga !

— Je voulais te présenter Bého Thaiz, un futur membre. J'ai fait sa connaissance aujourd'hui.

Mox Purol leva un bras efflanqué vers Bého pour lui serrer la main.

— Bonjour, Bého ! Bienvenue parmi nous ! Je suis toujours très heureux de recevoir de nouveaux frères de lutte. Masga a dû te parler du Parti Muticide, je suppose. Et je suis sûr qu'elle t'a bien renseigné. Nous sommes tous très fiers d'elle.

— Mox ! dit Masga. Il y a eu un problème et je...

— Un problème ?

— Oui, euh...

— Laissez-moi l'expliquer, Masga, intervint Bého. C'est de ma faute. À moi d'assumer.

— Votre faute !? s'étonna Mox, de quoi s'agit-il ?

Ils étaient tous les trois sur l'estrade. Mox était négligemment assis sur un coin du bureau. Masga et Bého étaient debout. Les autres discutaient sur des chaises à quelques mètres de l'estrade. Toutes les autres chaises avaient été pliées et rangées au fond de la salle par leurs occupants qui étaient partis depuis dix minutes.

— Je vais vous l'expliquer, répondit Bého, mais je souhaite un entretien particulier. Il s'agit de quelque chose d'important, je veux vous parler seul à seul.

Le visage osseux de Mox Purol exprima un mélange d'étonnement et de perplexité.

— Si vous le jugez indispensable... dit-il. Mais je vais devoir vous faire fouiller.

— Je comprends, répondit Bého. C'est normal.

— Solendivo ! appela Purol.

L'interpellé se retourna. Mox Purol lui fit signe d'approcher. Solendivo arriva avec une tête de « Oui, qu'est ce qu'il y a ? ». Mox Purol lui dit discrètement :

— Cet homme s'appelle Bého Thaiz. Amène-le dans la pièce à côté et fouille-le. Quand tu auras fini, laisse-le là-bas et viens me prévenir.

Tendue, Masga jeta un regard gêné à Bého. Celui-ci lui répondit avec un sourire rassurant. Elle constata, l'espace d'un instant très fugace, qu'il avait le pouvoir de la tranquilliser d'un simple regard. Cet homme te plaît trop, se dit-elle. Il a un étonnant pouvoir sur toi.

Solendivo Kermin s'approcha de Bého et le salua à la manière morapienne : l'index de la main droite posé bien perpendiculairement sur son cœur. Bého lui répondit en inclinant légèrement la tête vers lui. Seule manière de répondre au salut d'un morapien quand on n'était pas de cette confession, tendre la main étant considéré par cette religion comme la plus grande des offenses.

Après ce salut dans les règles, Solendivo s'adressa à Bého :

— Allons-y, dit-il.

Ouvrant une porte située juste derrière l'estrade, il lui fit signe d'entrer. La porte refermée, Solendivo demanda à Bého de lever les bras. Il le fouilla avec le plus grand soin puis, après une tape se voulant amicale sur l'épaule pour se faire pardonner son humiliante conduite, il dit :

— Excuse-moi, frère de lutte, mais c'est la procédure ! Je n'y suis pour rien.

— Ne t'en fais pas, je comprends tout à fait.

— Merci pour ta compréhension. Reste ici, je vais prévenir le Guide.

Il sortit.

Bého jeta un rapide coup d'œil autour de lui. Il était dans une pièce sans fenêtre éclairée par une photole au plafond. Un bureau, un grand fauteuil devant, deux plus petits derrière. Une armoire. Un meuble vertical. Un portrait de Mika Sakar sur le mur en face du bureau...

Mox entra un paralysant en main. Il marcha pesamment vers le gros fauteuil, s'assit, se gratta la gorge et lança :

— Alors, Bého ! Tu as des choses à me dire, donc ?

Bého allait répondre, mais il le coupa :

— Excuse-moi pour ça, dit-il, en faisant bouger son arme, mais... tu sais... Je ne te connais pas encore beaucoup et l'ennemi est fourbe. Nous sommes en guerre, n'est-ce pas !?

— Je compr...

— Excuse-moi encore, le coupa-t-il une seconde fois, mais ça ne te dérangerais pas de boire quelque chose avec moi, je pense ?

— Non, bien sûr...

— Alors veux-tu bien aller voir dans le meuble, là. Choisis ce que tu veux. Je te serais reconnaissant de me servir un bon verre de Killmator.

Bého ouvrit le meuble vertical et constata qu'il comportait à mi-hauteur un compartiment réfrigéré. En haut, une dizaine de bouteilles montraient leur étiquette prestigieuse. Il remplit deux verres de Killmator, en donna un à Mox Purol et s'assis en face de lui, sans attendre d'y être invité. En revanche, il demeura silencieux, attendant que son hôte manifestât le désir de l'entendre ; il n'avait pas envie d'être interrompu une troisième fois. Les deux hommes s'étudièrent un moment en sirotant lentement la spécialité martienne. Bého remarqua un petit buste de Mika Sakar, en marbre rouge ou peut-être en roche martienne, sur une étagère de l'autre côté de son vis-à-vis.

— Bien ! fit enfin Mox Purol. Je t'écoute.

— C'est au sujet du paralysant de Masga. Elle ne l'a plus. Non seulement il n'est plus en sa possession, mais en plus il est à présent dans les mains de l'ennemi.

— Quoi !?

— Oui, c'est un mut qui s'en est emparé.

La colère fut instantanément visible sur le visage du responsable du parti.

— Et tu viens me dire ça tranquillement ! Mais... quel rapport entre toi et cette affaire ? C'est Masga qui devrait m'en rendre compte, pas toi !

— Masga n'y est pour rien. C'est moi le responsable.

— Explique-toi !

— Je lui ai brusquement arraché l'arme des mains, au moment où elle allait tirer sur le mut, mais je l'ai laissée tomber sur le sol. Le mut en a profité pour voler l'arme et s'enfuir.

Bého vit les muscles de la mâchoire de son interlocuteur se tendre. L'homme serra ostensiblement son arme dans sa main et dit d'une voix tremblante de rage :

— Et tu viens boire mon Killmator chez moi pour me dire ça placidement ! Je devrais t'abattre pour ça !

— Je n'ai pas fini, dit Bého sans se départir de son calme.

— Tu n'as pas fini ! Mais que veux-tu dire de plus ?...

— Je veux dire qu'il ne s'agit nullement d'une erreur ou d'une maladresse de ma part. Je l'ai fait tout à fait consciemment et volontairement. En d'autres termes, je l'ai fait exprès.

Sur cette déclaration, Bého se mit à boire lentement en observant la réaction de Mox Purol au-dessus de son verre.

L'homme le menaça de son arme en déclarant froidement :

— Soit tu es complètement fou... soit, de toute évidence, il y a une chute que tu gardes pour la fin, parce que tu n'as pas l'air d'être fou. Alors s'il y a une chute qui puisse retourner la situation en ta faveur, je te donne dix secondes...

— D'accord, d'accord... Gardons notre calme. Il est temps de conclure, en effet !

Bého fouilla dans une poche intérieure de sa veste et parut saisir quelque chose de minuscule entre le pouce et l'index de sa main droite.

— J'ai besoin que tu appelles un de tes hommes. Je vais te montrer quelque chose et tu comprendras tout.

Mox Purol resta trois secondes sans répondre. L'air suspicieux, il scrutait le visage de Bého.

— Lequel ? demanda-t-il.

— Aucune importance ! Appelle quelqu'un et demande-lui de se déchausser et...

— Quoi !?

— Si tu me coupes sans cesse, je n'arriverais jamais à te faire ma démonstration ! Demande à un de tes hommes de venir ici, de laisser ses chaussures et de sortir. Je vais faire quelque chose et tu comprendras.

La demande était si insolite que Mox Purol parut paralysé un instant. La curiosité était pourtant si forte et il se dégageait de Bého un tel aplomb qu'il parla en céph :

— Tamar, tu peux venir s'il te plaît ? Passe au bureau.

Tamar arriva presque aussitôt.

— Tamar enlève tes chaussures et sort, s'il te plaît. Ne cherche pas à comprendre, je t'en prie. Laisse tes chaussures ici et sort.

Tamar s'exécuta avec une expression d'immense étonnement, mais sans émettre la moindre syllabe. Dès qu'il eut quitté la pièce, Bého récupéra une des chaussures. Sous le regard curieux de Mox, il se livra à une petite manipulation sur la chose, la remit en place sur le sol et dit :

— Dis-lui qu'il peut revenir mettre ses chaussures et demande-lui d'aller faire un petit tour. Tu comprendras vite !

Mox Purol cépha à Tamar :

— Reviens, s'il te plaît.

Tamar entra en chaussettes et regarda son chef avec un air ahuri.

— Excuse-moi, Tamar ! Je te promets de venger ton humiliation si ce type se fout de notre gueule, mais je te demande de remettre tes chaussures et de partir faire un tour.

— Un tour ! C'est à dire ? s'étonna Tamar en remettant ses chaussures.

Mox lança un regard interrogateur à Bého pour l'inviter à répondre à sa place.

— Va faire le tour du quartier. Balade-toi en ville cinq minutes et reviens, dit Bého.

Quand il fut dehors, Bého sortit de sa poche quelque chose qui ressemblait à un bout de tissus plié en quatre. Il déplia la chose et la posa sur le bureau face à Mox qui continuait à diriger son arme vers lui. Une partie du plan de la ville apparut sur l'écran souple.

Mox y jeta un œil et fit :

— Un plan, super ! Ensuite... c'est quoi le tien, de plan ? J'espère pour toi qu'il est bon !

— Attends un peu qu'il s'éloigne.

Moins d'une minute plus tard, un rond rouge se déplaçait lentement sur la représentation du quartier.

— Bon, tu as mis un traceur dans une des chaussures de Tamar. On le voit se déplacer et alors ?

— Alors, regarde là, répondit Bého, en manipulant un curseur avec le bout de son index pour changer l'échelle.

On voyait à présent toute la ville.

— Tu vois, là, poursuivit-il, cet autre point rouge dans la banlieue nord ?

— Oui, je vois ! Et bien ? Tu veux que je te demande qui est cet autre type à qui tu as foutu un traceur dans les chaussures ? Finalement, je me suis trompé, je crois que tu es complètement fondu et j...

— Pas dans les chaussures. Devine...

Bého le fixa intensément dans les yeux en faisant tournoyer trois ou quatre fois son doigt devant sa tempe dans un signe invitant à la réflexion.

Mox Purol, perdant complètement patience, était sur le point de se servir de son arme quand il y eut comme une lumière qui éclaira son visage émacié :

— Non... Tu veux dire que tu as ?...

— C'est ça, oui ! T'as compris ! Enfin, j'espère que tu as compris...

— Cet autre point rouge serait le mut ! C'est ça ?

— Bravo ! Tu as gagné ! J'ai mis le même traceur dans l'arme que je me suis laissé dérober par le mut.

Mox gratifia Bého d'un sourire complice et admiratif. Il cligna lentement d'un œil et fit une étrange grimace, équivalente aux mots : « Eh, bien ! T'es un malin toi ! Tu m'as bien eu ! ». Cela se confirma immédiatement, car il dit :

— Chapeau bas ! Je m'étais trompé sur ton compte ! Tu es peut-être le genre de type dont j'ai besoin. Si tu ne te fous pas de moi, bien sûr !...

Bého souleva tranquillement son verre de Killmator et, ignorant purement et simplement la dernière phrase, il se mit à boire lentement par petites lampées en exprimant sa complicité d'un petit hochement de tête entendu.

— Je peux te demander quelque chose ? fit Mox Purol, en levant lui aussi son verre.

Il avait posé son arme et il s'était renversé contre son dossier en signe évident de détente.

— Bien sûr, répondit Bého.

— Pourquoi as-tu fait ça ?

— Pour tracer le mut, bien sûr !

— Oui, je sais. Je veux dire quelle est ta motivation ? Essaie de comprendre mon questionnement. Tu es un parfait inconnu dans le milieu de la lutte antimut. Ton nom ne figure dans aucune liste. Même pas dans celle du Front Homo Sapiens, je me suis renseigné. Et voilà que du jour au lendemain tu arraches le paralysant d'un de nos membres et... Comment se fait-il que tu sois entré si rapidement dans la lutte avec une efficacité aussi surprenante ? Qu'est-ce qui t'a si soudainement motivé ?

— Je les hais, dit Bého.

— Tu les hais... Tu t'es mis à les haïr, comme ça, du jour au lendemain ?

— Oui, du jour au lendemain. D'une minute à l'autre, même !

— Je t'écoute ! Pourquoi ?

— Je ne préfère pas en parler pour le moment. C'est encore trop frais. Je n'ai pas envie de... de... perdre ma dignité en parlant trop dans l'émotion. Je t'en parlerai plus tard, peut-être. Là, je te demande de ne plus me questionner sur le sujet.

L'expression légèrement circonspecte de Mox disparut. Bého avait l'air sincèrement ému.

— D'accord, excuse-moi. On a tous nos raisons. Toi les tiennes, moi les miennes, chacun les siennes. Tiens ! Masga par exemple, un mut a tué ses parents et son frère.

— Ah, bon !

— Tu ne le savais pas ?

— Non.

— Au fait, comment en es-tu arrivé à être là au bon moment pour lui arracher son arme et... ?

— Il y a longtemps, une dizaine de jours, que je préparais mon coup. Je veux dire que je voulais utiliser des traceurs pour localiser ces ordures. Je ne savais pas comment m'y prendre pour arriver à en déposer un sur l'un d'entre eux. Je ne pouvais passer une annonce du genre : « Vente de chaussures à mut seulement. »...

Mox sourit à la boutade.

— J'étais dans la rue quand Masga a hurlé quelque chose comme : « Dégagez, c'est un mut ! ». Je n'ai pas réfléchi, j'ai couru après elle. Tu connais la suite. Elle m'a donné l'occasion que je cherchais. J'ai pris le risque de cette initiative. J'espère que ça valait le coup.

Bého termina sa tirade en tapotant le point rouge de la banlieue nord du bout de l'index.

— Tu as bien fait, déclara Mox, en regardant ce que montrait le doigt de Bého avec un sourire sardonique.

Ils se regardèrent un moment.

— Excuse ! Un appel en céph, dit Mox.

Puis à l'adresse de son correspondant :

— Oui, Tamar, tu peux rentrer, bien sûr !

Après avoir coupé la communication, il rit :

— Je l'avais oublié. Je lui dois des explications.

— Certainement. Mais surtout pas la véritable explication.

— Euh... Pourquoi ?

— Je préférerais que ça reste entre nous. C'est pour ça que j'ai demandé un entretien privé avec toi. Il faut à tout prix éviter toute possibilité de fuite. On ne sait jamais. Je sais que tu as sans doute confiance en Tamar, mais tu sais... Si lui-même fait confiance à un autre qui fait confiance à un autre... Tu vois ce que je veux dire...

— Oui, dit Mox, un peu surpris par le zèle perspicace de Bého.

— De plus, si tu ne dis rien tu en tireras un plus grand bénéfice.

— Pourquoi ?

— Réfléchis... Il nous suffira de bien suivre ce point et de noter tous ses déplacements. Nous préparerons des planques d'observation puis des embuscades partout où il ira, mais seulement un ou deux jours plus tard pour que le mut ne se doute de rien. Si tu ne dis rien à tes hommes, ils seront tous très impressionnés par ton flair. Tu seras considéré comme un fin limier. Alors que si tu le dis...

Comme toutes les autres, cette antenne du Parti Muticide était indirectement sous le contrôle de Mika Sakar. Mika Sakar, actuel Premier ministre, avait fondé le Parti Muticide deux ans auparavant. Il était toujours à la tête de ce parti qui prenait de plus en plus d'ampleur. Tous les sondages étaient d'accord : Mika Sakar serait élu à la tête du gouvernement mondial aux prochaines élections. La structure hiérarchique de son organisation était simple : directement sous son contrôle œuvraient cent subordonnés qui lui rendaient des comptes et recevaient ses ordres. Dans l'organisation, ils étaient appelés : « Guides Premiers ». Chacun de ces Guides Premiers avait à son tour cent subordonnés, portant le titre de : « Guides Seconds », qui eux-mêmes commandaient une centaine de dirigeants d'antennes ouvertes aux simples adhérents. Cela faisait donc en tout un million d'antennes dont chaque dirigeant était appelé : « Guide » par les adhérents.

— Encore une question, dit Mox Purol avec une dernière trace de suspicion sur son visage émacié.

— ... ?

— Pourquoi fais-tu tout ça pour moi ? Pourquoi tous ces bons conseils ? Qu'en retires-tu, toi ? Tu sais, moi, j'ai besoin de comprendre ce genre de choses. Rien n'est gratuit, n'est-ce pas ?

— Moi ! Mais, c'est très simple ! Je te l'ai dit, je veux me venger. Ça m'arrangerait que tu passes Guide Second et que tu me laisses ta place ici.

Mox eut un long sourire pensif. Il rangea son arme dans un tiroir de son bureau et demanda :

— Et si on buvait un deuxième verre pour fêter notre collaboration ?

— D'accord, mais je te serais reconnaissant d'inviter Masga. Après tout, c'est grâce à son paralysant que j'ai pu atteindre mon objectif, n'est-ce pas !?

— En effet ! Mais dis donc, j'ai noté un petit truc entre vous... Hein ? Non ?

— Que veux-tu dire ?

— Ne fais pas celui qui ne comprend pas, va ! Je vois bien que tu es particulièrement prévenant à son égard et j'ai aussi noté que c'est la première fois que je la vois si... comment dire... si coquette, disons !

***

Tout en haut de la grande tour qui dominait la gigantesque métropole, Mika Sakar se tenait debout dans son bureau. Les mains dans le dos, il laissait distraitement errer son regard à travers la baie vitrée fumée en écoutant ce que les Guides Premiers avaient à lui dire. Ils n'étaient pas tous là, il n'y en avait que douze. Mika Sakar n'était qu'exceptionnellement en présence des cent. Il ne voyait que ceux qui avaient quelque chose d'important à lui rapporter ou à lui demander et ceux à qui il avait des questions à poser ou des injonctions à donner.

Il tenait à les voir physiquement, plutôt que de communiquer par céph, parce qu'il redoutait disait-on que ses communications à distance fussent interceptées par les muts.

N'ayant rien à répondre après avoir écouté le dernier d'entre eux, il se retourna, posa ses mains à plat sur son vaste bureau et déclara :

— Bien ! Je vous remercie tous pour l'excellent travail que vous fournissez.

C'était le signal. Les douze Guides Premiers se levèrent et sortirent en silence.

Mika Sakar se retrouva seul avec Lizi Marnot, son bras droit. Elle était assise dans un fauteuil de velours rouge à gauche du bureau. Il prit place dans son propre fauteuil et, chassant du bout de l'index deux ou trois poussières qu'il était le seul à voir sur la surface en bois vitrifié de son bureau, il dit :

— Ces espèces d'humanistes mièvres et débiles de l'Union Pour la Vie ont prévu de grandes manifestations demain, paraît-il. Notre indic m'a rapporté que rien n'a vraiment changé dans leur politique. Les discours qu'ils tiendront prochainement sur les ondes seront probablement les mêmes. Toujours la tolérance à l'égard de toutes les formes de vie... et cætera, et cætera... Beaucoup sont sensibles à ces enfantillages...

— Je sais...

— Fais savoir à tous les Guides Premiers que nous comptons sur eux pour augmenter le nombre de graves désordres attribuables aux muts. Et, surtout, surtout, insiste sur le fait que je compte énormément sur leur habileté. Je ne tolérerais pas qu'on apprenne la vérité et que nous perdions en popularité à cause d'une maladresse. Pas de meurtre surtout, le risque est trop grand. Qu'ils se contentent de dégradations, de vols, d'intimidation de la population, mais surtout pas de violences sur les personnes ! Si on venait à apprendre notre manœuvre, ce serait trop grave pour nous. Qu'ils comprennent pourquoi je ne veux aucun meurtre ; quand il y a meurtre, les enquêtes sont beaucoup plus poussées.

— Ne t'inquiète pas, je vais faire passer le message très clairement.

— Bon, je vais me reposer un peu avant de participer à cette émission. Je n'ai pas envie de me déplacer, j'y serais en téléprésence.

Elle regarda sa montre-bracelet, archaïque objet qu'elle aimait montrer.

— L'émission commence dans une demi-heure. Repose-toi un peu, oui. Tu t'épuises à la tâche en ce moment !

Mika Sakar consulta l'horloge que sa céph afficha dans son champ de vision virtuel suite à son simple désir de connaître l'heure.

— J'ai une demi-heure, oui.

Il s'allongea sur son fauteuil en soupirant.

***

L'interface céphmentale était plus simplement appelée « céph ». Des millions de nanomachines, plus précisément des nanocâbleurs ou nanocépheurs comme on avait de plus en plus tendance à les appeler, enfonçaient des sortes de racines dans le cortex. Se conformant aux instructions du logiciel qui les animait, constamment mis à jour par le Réseau, ils synthétisaient sur place les molécules dont ils avaient besoin pour étendre leurs électrodes, à partir des atomes que voulait bien leur fournir l'environnement du névraxe. Dès l'adolescence, il était possible de se faire implanter une céph. Aucune opération chirurgicale n'était nécessaire. Il suffisait d'une goutte dans une narine pour introduire des protozoaires modifiés qui acheminaient les nanocépheurs dans le cerveau. Une quinzaine de jours plus tard, la céph commençait à fonctionner. Celui qui en était équipé pouvait voir, sentir et entendre sans l'aide ni de ses yeux, ni de ses oreilles, ni de son nez, ni de contact avec sa peau, car la céph s'adressait directement aux centres cérébraux correspondants à tous les sens. La céph atteignait donc l'ultime limite de la dématérialisation : plus d'écran, plus d'écouteurs, plus rien de matériel n'était nécessaire.

***

Masga était chez elle. Elle vivait dans un modeste studio dont le petit loyer était payé par le Parti Muticide, ce dernier ayant un prix préférentiel, car le propriétaire était un adhérent.

Les jambes allongées sur son lit et le dos appuyé contre un mur, elle regardait l'holoviseur fixé en face d'elle. Elle utilisait ce système de vision économique plutôt qu'une vision virtuelle, plus performante, parce que sa céph n'assurait pas cette fonction. Les questions qu'elle avait posées aux uns et aux autres ne lui avaient apporté aucune réponse ; elle ne savait pas pourquoi sa céph ne lui permettait pas de « voir ». Comme elle n'avait pas d'argent pour consulter un spécialiste, elle se contentait de l'holoviseur.

L'émission qu'elle voulait voir commencerait dans un quart d'heure. Elle se leva, ouvrit la fenêtre, et appuyant ses coudes sur le rebord, elle laissa un moment errer son regard dans la rue, d'un passant à l'autre. Elle fixa une jeune femme qui tenait un petit garçon par la main. Tous les deux marchaient lentement. L'enfant racontait quelque chose avec force onomatopées et la personne, qui était sans doute sa mère, répondait de temps en temps quelques mots d'un air amusé. Ils étaient bien trop loin pour que l'on pût entendre ce qu'ils se disaient, mais pourtant... Pourtant, Masga crut suivre presque toute leur conversation :

— Alors, les méchants ont voulu les attaquer, pichh ! Pcrruuschh ! Tatatacreuvv !

— Ah bon ! parut répondre la jeune femme.

— Oui, mais le gentil monstre des étoiles leur a jeté un grand filet, comme ça, bouvvv !

— Euhm et alors ?

— Alors les méchants, ils pouvaient plus bouger...

Je n'ai véritablement rien entendu, se dit Masga. J'imagine ces paroles et j'ai comme l'impression qu'elles sont réelles.

Ce n'était pas la première fois que cela se produisait, aussi eut-elle une petite pensée moqueuse envers elle-même : « Décidément, j'entends des voix, moi ! Faudrait que j'aille consulter ! ». Puis, elle se demanda s'il y avait un rapport avec le fait que sa céph ne fonctionnait pas très bien. Espérons que ça ne m'endommage pas le cerveau ! se dit-elle. Il lui restait dix minutes avant le début de l'émission. Elle les employa à jouer de la guitare, le pied droit sur une chaise, changeant d'accord aléatoirement et variant les battements. C'était une simple guitare acoustique, très ordinaire, une folk, mais Masga l'adorait. C'était sa guitare.

Ce qu'elle attendait était en train de commencer ; elle remit l'instrument dans son placard et reprit place sur le lit. Hamator Slim, un journaliste bien connu dit :

— Chers réseauspectateurs, bienvenue ! J'ai l'honneur d'animer cette émission sur un sujet qui fait parler de plus en plus de lui ces dernières années : les muts. Pour être le plus clair possible, je vous propose une petite introduction didactique. Qui sont les muts, pour commencer ? Quand sont-ils apparus parmi nous ? Qu'est-ce qui les distingue des autres ? Comment peut-on les reconnaître ? Nous allons tout d'abord répondre à ce genre de questions, que beaucoup se posent encore, avant d'ouvrir notre débat entre les différents représentants politiques. Ces questions, je vais les poser à Fram Rary, ma collègue journaliste préférée qui a fait une compilation des informations objectives qu'on peut trouver aujourd'hui. Bien ! Alors, Fram, qui sont les muts, pour commencer ?

— Merci beaucoup de me considérer comme votre collègue préférée, Hamator ! Que disent les scientifiques pour répondre à cette question ? Eh bien, que ce sont des humains mutants, ce qui leur a valu le diminutif populaire de muts. Nous ne savons pas encore clairement s'il s'agit d'une mutation naturelle, c'est-à-dire qui se serait de toute façon produite au cours de l'évolution ou s'il s'agit d'une mutation provoquée par l'homme : radiations, médicaments, alimentation ou que sais-je...

Masga se leva, presque sans quitter l'holoviseur des yeux, pour ouvrir le réfrigérateur et se servir à boire un grand verre de Zlag puis elle revint s'asseoir dans la même position et au même endroit.

— D'accord, merci Fram ! Et quand sont-ils apparus parmi nous, alors ?

— La première constatation officielle de cette mutation remonte à trente ans. Il s'agissait d'un enfant de sexe mâle.

— Où ça ?

— Sur Terre, en Europe de l'Ouest, dans un village nommé Tulet.

— Et qu'est donc devenu ce premier mutant ?

— Cette question entraîne deux réponses, Hamator ! Premièrement, nous ne savons pas ce qu'il est devenu. Il a disparu de la circulation, comme on dit. Deuxièmement, nous ne savons s'il s'agit vraiment du premier mutant. Comme je vous l'ai dit, il s'agit du premier cas signalé. Mais...

— Oui, bien sûr, vous faites bien de le rappeler, Fram.

— Bien ! Je vais à présent vous demander : en quoi sont-ils différents de nous ? Même si nous savons tous plus ou moins de choses à ce sujet, il est préférable de le préciser avant le débat qui va bientôt commencer, n'est-ce pas ?

— Bien sûr, Hamator. Alors, qu'est-ce qui les rend différents des autres humains ? Et bien tout d'abord, leur caractéristique la plus connue, parce que la plus facilement mesurable, est le fait qu'ils grandissent beaucoup plus vite. Un mutant est en effet adulte physiquement, intellectuellement et sexuellement vers l'âge de sept ans à peine. Autre fait moins visible, car il faut beaucoup plus de temps pour s'en rendre compte : ils vieillissent apparemment moins vite. Je dis apparemment, car la communauté scientifique n'a pas beaucoup de recul pour mesurer ce fait. Mais si cette autre caractéristique se vérifie, cela devrait nous laisser supposer que les mutants peuvent vivre plus longtemps que nous. Dernier point qui pourrait les distinguer : d'après le professeur Gos Masdary, leurs cerveaux présenteraient une différence avec le nôtre. Il n'est pas simple de savoir laquelle, car l'autopsie qui lui a donné cette idée s'est déroulée dans des conditions très difficiles, explique-t-il. Le sujet étant décédé à la suite de violences qui ont beaucoup endommagé son cortex était de plus dans un très mauvais état de conservation.

— Eh bien voilà qui est clairement exposé ! Fram. Vous venez d'évoquer la violence que des mutants ont subie de la part de certains. Il est vrai que les mutants suscitent de grandes peurs qui engendrent souvent des réactions excessives. Alors comment notre société humaine réagit-elle ? Qu'en pensent les uns et les autres ? Que proposent les différentes formations politiques ? À l'heure où les plus radicaux montent de plus en plus dans les sondages, faut-il avoir peur du phénomène mutant ? Pour y voir plus clair, nous allons à présent assister à un débat entre les trois représentants des formations les plus importantes. Nos trois invités : Mika Sakar, du Parti Muticide. Matarie Malont, du Front Homo Sapiens. Goberto Rambi, de l'Union Pour la Vie.

Un mouvement de caméra montra tour à tour les personnes citées, toutes trois assises dans un confortable fauteuil, un petit guéridon serveur de boissons à portée de leur main droite, elles étaient disposées en carré de manière à se voir facilement l'une l'autre. Le quatrième angle du carré étant occupé par Hamator Slim qui allait animer le débat.

Le journaliste commença par les remerciements et salutations d'usage :

— Madame, Messieurs, bienvenue sur notre plateau ! Nous vous remercions d'avoir répondu à notre invitation et...

Un carillon se fit entendre. Masga se leva d'un bond, faillant renverser ce qu'il restait dans son verre, pour ouvrir la porte. Celui qu'elle attendait avec un émoi grandissant lui sourit.

— Entre ! fit-elle.

Bého entra. Il connaissait les lieux, car il venait céans pour la deuxième fois.

— Le débat va justement commencer, assieds-toi sur le lit. Je te sers quelque chose ?

— Je veux bien un Zlag, comme toi, répondit Bého en avisant le verre de Masga posé sur la petite table blanche.

Il s'assit. Le jeune homme montrait des signes de timidité. Ce comportement tout à fait nouveau était sans doute dû au fait qu'il avait fait l'amour avec Masga, la veille, dans ce même lit. En tout cas, Masga avait le plus grand mal à maîtriser la tempête d'émotions qui tambourinaient dans sa poitrine. Qu'elle fut éperdument amoureuse de Bého ne faisait pour elle aucun doute. Elle le servit et s'assit près de lui, le cœur battant comme si elle s'apprêtait à repasser un examen. C'est qu'elle espérait qu'il n'avait pas été déçu, qu'elle lui plaisait toujours, que ce qui s'était passé hier n'était pas pour lui qu'un simple moment de plaisir, qu'il fût au moins à moitié aussi amoureux d'elle qu'elle l'était de lui, que... Elle espérait ! Quand il lui prit la main, elle frissonna. Ils regardèrent l'holoviseur, blottis l'un contre l'autre. Bého était au courant de son problème de céphvision ; elle lui en avait parlé. Il lui avait conseillé d'attendre encore avant d'aller consulter un céphologue. Elle se calma très vite. Quelque chose lui disait encore qu'il était son homme. Cette conviction s'installait en elle chaque fois qu'elle était près de lui. C'était une très étrange conviction, si ce mot convenait pour décrire ce qu'elle ressentait. Cela était de l'ordre de ce que l'on éprouve quand on se sent soi-même, dans cette sensation de : « Je suis moi ». Nous n'avons pas besoin de nous le prouver par le raisonnement, ni de le vérifier par quelque méthode que ce soit ; non, nous prétendons le savoir et cela suffit. C'est une certitude tellement grande qu'il semblerait absurde même d'en discuter. En douteriez-vous, on vous conseillerait de consulter. Dans ces moments, Masga « savait » que Bého était à elle de la même façon.

— Monsieur le Premier Ministre, dit Hamator Slim en s'adressant à celui de ses invités qui lui faisait face, tous les derniers sondages donnent des résultats extrêmement favorables pour le Parti Muticide, parti que, rappelons-le, vous avez fondé il y a moins de trois ans. Comment expliquez-vous ce succès ?

— Le Parti Muticide a deux ans, Monsieur Slim, deux ans à peine. Son succès est simplement dû au fait que le peuple est intelligent. Il mesure l'extrême gravité du problème que pose l'apparition des muts dans notre société. Les gens ne sont pas bêtes, vous savez, ils comprennent qu'il s'agit de l'avènement d'une ère nouvelle : celle de notre disparition. Je voudrais vous faire observer qu'il y a une question que vous n'avez pas évoquée avant le débat.

— Ah bon, laquelle, Monsieur Sakar ?

Mika Sakar gratta furtivement quelque chose sur la manche gauche de sa veste blanche et répondit :

— Combien sont-ils en ce moment parmi nous ? Et vous savez pourquoi vous n'avez pas abordé cette question ?

— ...

— Vous ne l'avez pas abordée, parce que vous ne le savez pas. Personne ne le sait. Personne n'en a la moindre idée. Sont-ils des centaines ? Sont-ils des milliers ? Sont-ils déjà des millions ? Qui peut répondre à ça ? Comme je le dis et je le répète : le peuple montre qu'il est intelligent en réalisant qu'il est de la plus extrême urgence de réagir radicalement. RA DI CA LE MENT ! C'est pour cette raison que le Parti Muticide est en constante progression. C'est parce qu'il propose de faire ce que le peuple pense qu'il est bon de faire : réagir sur-le-champ.

— Agir vite d'accord, coupa brusquement Goberto Rambi de l'Union Pour la Vie, mais pour faire quoi ? Les exterminer ? Se comporter comme aux jours les plus sombres de l'histoire humaine ? Agir comme les barbares les plus inhumains qui soient pour sauver les humains ? C'est ça que vous proposez, Monsieur Sakar ?! Être inhumain pour sauver l'humanité ! Paradoxe grotesque et dangereux !

— Ce qui est le plus dangereux, Monsieur Rambi, c'est de ne rien faire. Ce que vous faites fort bien, au demeurant ! C'est pour cette raison que le peuple préfère accorder sa confiance au Parti Muticide qu'à vous-même. Les gens qui assistent en ce moment à notre débat sont actifs, eux. Ils préfèrent l'action aux belles paroles ; ces dernières ne servent qu'à philosopher. Mais le temps n'est plus à la philosophie, cher Monsieur Rambi. Nous sommes en état de guerre ! C'est la guerre des gènes ! Vaincre ou disparaître, là est l'alternative.

Goberto Rambi portait des vêtements décontractés : pantalon vert sombre en toile de zirko et large chemise blanche.

Il décroisa brusquement ses jambes et répondit, un index accusateur tendu vers son rival politique :

— Guerre des gènes ! Et revoilà votre expression favorite, que vous nous servez jusqu'à la nausée ! S'il y a une guerre, vous en porterez la responsabilité. Vous serez seul à l'avoir déclenchée. Si votre ignoble parti monte dans les sondages, c'est parce que vous exploitez la peur que vous savez si bien planter et cultiver dans le cœur des gens qui ont le malheur de vous écouter. Vous êtes un être dangereux et détestable, Monsieur Mika Sakar ! Il y a des précédents dans l'histoire ; des gens ont agi comme vous et...

— Monsieur Rambi ! intervint Hamator Slim. Monsieur Goberto Rambi, en tant qu'animateur de ce débat, je vous demande de garder votre calme et votre courtoisie !

— Ce n'est pas grave ! Ce n'est pas grave ! assura Mika Sakar. Je sais faire la part des choses, Monsieur Slim. Je ne saurais vous tenir rigueur du comportement de monsieur Rambi. Monsieur

Rambi démontre à ceux qui suivent votre émission qu'il préfère diriger son agressivité vers les êtres humains que vers les muts. Il fait tout simplement montre de ce qu'il est !

Pendant que Goberto Rambi ravalait sa salive, Hamator Slim essaya de dépassionner le débat en donnant la parole au troisième invité, qui n'avait pas encore dit un mot.

Masga suivait très peu le débat. Elle était dans les bras de Bého la tête appuyée sur son épaule. Tout le reste, qu'en avait-elle à faire ?! Au tout début du débat, il avait doucement passé son bras par-dessus son épaule et l'avait attirée vers lui pour lui caresser le visage avec une grande tendresse. Il l'avait regardée dans les yeux, et là, comme s'il avait senti son anxiété et son trouble, il l'avait rassurée en lui disant ce qu'elle rêvait d'entendre : « Je t'aime ! ». Il y avait si peu de temps qu'ils se connaissaient... se disait-elle. Et alors, rien n'interdisait d'espérer qu'il fût sincère ! Elle l'aimait bien, elle !

— Madame Matarie Malont, vous ne vous êtes pas encore exprimée. Que pensez-vous au nom de votre parti, le Front Homo Sapiens ?

— Je n'ai rien dit, en effet, Monsieur Slim. Je n'ai rien dit car j'écoutais et je m'instruisais. Et voilà ce que l'on a pu constater jusqu'à présent : d'un côté, nous avons un idéaliste un peu fleur bleue qui rêve de jolies histoires humanistes, mais qui est totalement en dehors de la réalité du moment. Je parle de Monsieur Goberto Rambi, tout le monde l'aura compris. Goberto Rambi est certainement un homme au grand cœur, probablement un peu poète ou ce genre de choses. Je me garderais bien d'en dire du mal, sinon qu'il serait dangereux de compter sur lui pour régler le problème qui nous préoccupe, car les muts sont un réel problème. De l'autre côté, nous avons Monsieur Mika Sakar qui pour l'instant n'a rien fait d'autre que d'expliquer qu'il faut agir dans l'urgence. Agir, certes ! Je suis à cent pour cent de cet avis ! Mais de quelle manière ? Il ne l'a pas encore dit, en tout cas pas ici, sur ce plateau. N'est-ce pas ? Moi, je vais clairement expliquer dès à présent ce que je préconise de faire au plus vite. Oui, au plus vite, Monsieur le Premier Ministre, car vous n'avez pas le monopole du désir de l'action. La première chose que je propose, c'est de lancer au plus vite une enquête sur tous les fronts, état civil, dossier médical, dossier scolaire et professionnel, pour identifier tous les muts existants afin de leur implanter un traceur profond et de les stériliser pour enrayer leur prolifération. Voilà ce que je propose et qui sera fait sans attendre à tel point que je lancerai l'opération à la minute même où je serai élue.

— Rappelons aux réseauspectateurs, dit une voix hors champ qui était celle de Fram Rary, la journaliste scientifique, qu'on appelle « Traceur profond » un traceur que l'on implante dans le corps et qui est conçu de telle manière qu'on ne puisse l'enlever sans risquer d'en mourir.

— Je suis décidément en compagnie de bien charmantes personnes ! s'indigna Goberto Rambi. En tout cas, je préfère être fleur bleue comme moi que fasciste comme vous, Madame ! Mais j'imagine que nous sommes loin d'être arrivés au bout de l'horreur ! Monsieur le Premier Ministre, grand chef de la guerre des gènes, ne va pas tarder à surenchérir, tel que nous le connaissons !

Mika Sakar, qui venait discrètement de se frotter les ongles avec un petit bout de tissu qu'il remit tout aussi discrètement dans sa poche, répondit :

— En effet, jeune homme ! En effet ! Je propose la même chose que Madame Matarie Malont pour ce qui est de la grande enquête ; c'est ensuite que ma proposition diffère. Je pense que ce serait une bonne idée de les livrer à des laboratoires, qui seraient chargés de les étudier, et à des personnes compétentes pour les interroger par les moyens qu'elles jugeront nécessaires. Ce sera beaucoup plus efficace pour lutter contre leur prolifération.

— Mais que savez-vous sur les muts, en fait ? cria presque Goberto Rambi. Que savez-vous d'eux exactement ? Pour estimer qu'ils sont dangereux, il faut bien les connaître, n'est-ce pas ? Alors que savez-vous d'eux ?

— Quelque chose me dit que j'en sais plus que vous à ce sujet, jeune homme.

— En avez-vous déjà côtoyé un avec certitude ?

— Oui. Je pense.

— Ce n'est pas une réponse, ça !

— Peu importe que j'en aie côtoyé un de près ou de loin ! J'ai un message à faire passer. Les muts grandissent plus vite, ils vivent fort probablement plus longtemps, et ils sont plus intelligents que nous, simples humains. Cela n'a pas été dit au début du débat, mais un très grand nombre de témoignages concordent. Nos descendants seront-ils en compétition avec des êtres qui grandissent plus vite, qui vivent plus longtemps et qui les dé-passent intellectuellement ? Dans quelques décen-nies, les humains qui seront notre postérité nous jugeront. C'est à eux que je pense. Je ne peux pas compter sur eux pour me faire élire, aussi est-ce à leurs parents que je m'adresse aujourd'hui en leur promettant de défendre leurs enfants de toutes mes forces, avec toute ma conviction, et avec tous les moyens que m'accordera leur suffrage.

— Il est quinze heures, dit Bého. Tu ne veux pas qu'on parle un peu avant d'y aller ?

Ils avaient prévu de se rendre ensemble au Parti Muticide aux environs de seize heures.

— Si, tu as raison, approuva Masga en se levant pour éteindre son récepteur.

Bého se leva aussi et demanda :

— Si tu le veux bien, si ce n'est pas trop pénible pour toi, j'aimerais que tu me racontes...

— Oui ?...

— Mox Purol m'a dit ce qui est arrivé à tes pa-rents. Je voudrais juste que tu me confirmes que...

— Mes parents et mon frère ont été sauvage-ment assassinés par des muts, oui, dit Masga avec une voix pleine de colère et de désespoir. Je n'étais pas là quand c'est arrivé. J'étais à bord d'un gravi-tant qui revenait de Mars, avec une amie. Nous ve-nions d'assister aux préparatifs de la compétition du Grand Raid Rouge. J'habitais avec mes parents et mon frère de l'autre côté de la ville.

L'émotion faisait trembler ses lèvres et elle dut s'arrêter de parler un moment. Bého la prit dans ses bras. Appuyant la tête de la jeune femme sur sa poitrine, il caressa ses cheveux bleus aux reflets de métal et attendit.

— Que dire de plus ? hoqueta-t-elle. Quand je suis arrivée sur les lieux... C'était un massacre. L'épouvantable chose venait de se produire. J'ai vu leur cadavre tuméfié et je n'arrive... plus à sortir... ces images de ma tête !

Bého attendit un moment avant de demander :

— Comment as-tu su qui avait fait ça ?

— L'inspecteur de la criminelle me l'a dit.

— C'est-à-dire ?

— Que c'était des muts qui les avaient assassinés. J'ai aussi reçu un appel anonyme en céph qui m'a dit la même chose. Une personne qui ne voulait pas se dévoiler pour ne pas avoir d'ennuis, mais qui était dans la rue au moment où ils se sont enfuis. Ils étaient quatre et l'un d'entre eux a dit à ce passant : « Vous pouvez dire à qui vous voulez que les muts rendront coup pour coup et mort pour mort. Puisque vous nous haïssez, que vous nous chassez, nous vous haïrons et nous vous chasserons ! ».

***

— C'est bien lui qui a pris le paralysant que tu as laissé tombé et qui s'est enfui ? demanda Mox Purol.

— Oui, c'est lui. Je le reconnais, affirma Bého. J'en suis certain !

Les deux hommes se tenaient aux aguets à une cinquantaine de mètres de celui qu'ils surveillaient depuis une demi-heure. Ils étaient dans le vaste jardin public du centre-ville, à quelque deux kilomètres de la gigantesque tour au sommet de laquelle Mika Sakar siégeait.

Il était 13 h 10. Mox Purol plia le plan sur lequel le traceur montrait la position de l'inconnu et le remit dans la poche de son pantalon. Il le sortait de temps en temps, pour vérifier que le dispositif fonctionnait toujours. Ce serait trop bête de perdre le mut de vue et de le perdre aussi sur le plan, pensait-il.

— Qu'est-ce qu'on peut faire ? dit-il. Il y a trop de monde, là !

Il tapota sa poitrine au niveau de la poche intérieure de sa veste, là où était caché son paralysant, et murmura :

— J'hésite. La population est en majorité avec nous, mais il suffit qu'il y ait un seul humaniste à la con pour faire un scandale. Et puis ce n'est pas écrit sur sa figure que c'est un mut ! Si je tire et qu'on nous voit... Tu as une idée ?

L'homme qu'il suivait marchait lentement près d'un étang. Ils avancèrent de dix mètres et se dissimulèrent derrière un autre tronc d'arbre.

— Non, pas d'idée pour l'instant, répondit Bého à voix basse. Suivons-le et attendons.

— Oui, mais, à trop attendre, il risque de nous échapper ! En plus, il est armé lui aussi. Dommage que tu n'aies pas eu le temps de saboter son arme !

— Même si j'en avais eu le temps, je m'en serai bien gardé ! Il s'en serait vite aperçu et il s'en serait débarrassé. Du coup, on n'aurait pas pu le tracer bien longtemps.

— Oui, bien sûr. Je commence à dire n'importe quoi.

— Chut, regarde ! Quelqu'un vient vers lui. Trois hommes et une femme.

— Tu as raison. Mais, moi je dirais plutôt trois mâles et une femelle. Parce qu'il y a de fortes chances pour que ce soit des muts, les autres aussi. Et pour moi, les muts, ce sont des animaux. Qu'est-ce que tu fais ?

— Chut, cache-toi ! Tu vois bien que je prends des photos. Ça peut servir. On fera une recherche. La reconnaissance de visages nous donnera tous les renseignements.

— C'est une bonne idée, mais mon espoir d'en capturer un aujourd'hui s'envole. Tu sais que si tu m'aides à en capturer un, je n'aurais aucun mal à passer Guide Second. Peut-être même Guide Premier ! De là, je n'aurais aucun mal à te renvoyer l'ascenseur.

— Je sais, oui. Je fais ce que je peux. Parle plus doucement et essaye d'avoir moins l'air de te cacher. Il y a d'autres personnes qui risqueraient de s'étonner de ton comportement. Ce n'est jamais bon d'attirer l'attention.

Mox Purol fut sur le moment irrité par ce jeune qui lui faisait des observations, mais il se calma vite en réalisant que son compagnon faisait de son mieux et que ce qu'il disait était assez pertinent.

— Ils parlent, souffla-t-il. J'aimerais savoir ce qu'ils se racontent. Dommage que nous n'ayons pas pris un capteur de son.

— Comment ça, nous n'avons pas de capteur ! murmura Bého en sortant du revers de sa veste un appareil tubulaire muni d'une petite parabole.

Il tourna la parabole de quatre-vingt-dix degrés pour qu'elle soit perpendiculaire au tube et s'assit dans l'herbe. Mox Purol retint une exclamation d'enthousiasme, mais avoua :

— Là, j'avoue que tu es irréprochable. Je bénis le jour où je t'ai rencontré !

Sans répondre, Bého sourit et dirigea discrètement l'appareil dans la direction du groupe près de l'étang. Les quatre hommes et la femme conversaient toujours. Les brefs coups d'œil qu'ils lançaient de temps en temps à droite et à gauche montraient qu'ils ne tenaient pas à partager leur conversation.

Bého tourna lentement un bouton sur le capteur sonore et on entendit très doucement, mais distinctement, les mots échangés par les cinq personnes. Cela commença par une voix de femme :

— ... plus important pour notre communauté. J'ai sur moi toute la méthode qui permet de reconnaître l'un de nous. Tout y est expliqué en détail. Le test dure une dizaine de minutes, pas plus. Ça nous sera très utile pour savoir si nous sommes infiltrés par des non-muts.

— Comment ça marche ? demanda celui qui s'était emparé du paralysant de Masga.

— Une simple exposition à des rayonnements ionisants bien définis durant dix minutes. Si le sujet est un mut, au bout de ce laps de temps, il sera incapable de s'exprimer. Le rayonnement agit sur notre aire de la parole. Hors du rayonnement, ce léger trouble ne dure que cinq ou six minutes, puis le sujet s'exprime à nouveau normalement. Le test est sans danger.

— Et si le sujet n'est pas mut ? demanda l'un des hommes.

— Dans ce cas, il ne se passe rien.

— Oui, mais alors, il peut faire semblant de ne plus pouvoir parler, pour nous faire croire qu'il est des nôtres !

— Bien sûr ! C'est pour cette raison qu'il ne faut pas qu'on le sache. Il faut faire passer le test à l'insu du sujet. Par exemple lors d'un quelconque entretien, on expose le sujet au rayonnement sans qu'il s'en doute. Dix minutes après environ, si c'est un mut, il devrait se mettre à bafouiller. Si au bout d'un quart d'heure, il s'exprime toujours normalement c'est un non-mut.

— C'est tout à fait génial ! s'écria un des interlocuteurs, immédiatement suivi par les autres dans son enthousiasme.

Bého et Mox Purol se regardèrent explicitement.

— On est tombés sur un gros coup, là ! dit Mox Purol. Il nous faut absolument cette procédure ! La femme dit qu'elle l'a sur elle.

— Oui, il nous la faut absolument ! Nous ne pouvons pas prendre le risque de manquer cette occasion qui ne se représentera peut-être jamais !

— Oui, mais comment faire ?

— On y va maintenant ! dit Bého en sortant son arme et en s'élançant vers l'étang.

La surprise figea Mox Purol. Il resta trois secondes sans réagir avant de faire un effort pour se déplacer aussi vite que possible. Dans le champ de gravitation de la Terre, ce n'était pas facile pour lui. Né sur Mars, il y avait vécu jusqu'à l'âge de quinze ans avant de demeurer vingt ans sur la

Lune. Depuis dix ans qu'il vivait à présent sur Terre, il n'était toujours pas arrivé à s'y faire. Bého arriva à toutes jambes, l'arme tendue. Il se mit sur un genou et tira avec une vitesse et une précision surprenantes. Quand Mox Purol arriva sur place, titubant comme s'il portait une charge de cent kilos, les cinq corps étaient étendus dans l'herbe. Il constata que Bého avait utilisé une arme à rayon létal et non un paralysant.

— Tu les as abattus ! s'écria-t-il, d'une voix étranglée.

— Pas le temps de leur faire des révérences et autres courtoisies ! répondit-il en fouillant la femme. Là, je crois que je l'ai ! Une nanomémoire ! Je vais fouiller ses autres poches au cas où, mais je crois que... Oui, c'est bon ! Elle n'a rien d'autre qui ressemble à un support d'information. Allez, vite on se tire !

Ils coururent aussi vite qu'ils purent, Bého soutenant l'ancien Martien.

***

Quand les deux hommes se retrouvèrent suffisamment loin des cinq corps étendus, ils prirent un roulant pour se rendre à l'antenne du Parti Muticide dirigée par Mox Purol.

À l'intérieur du véhicule, celui-ci ne disait rien. Il regardait Bého d'un air ahuri en respirant comme un soufflet de forge.

— Quoi ? fit Bého. Il fallait agir vite ! Je les ai abattus, oui. Et alors ? Il vaut mieux qu'ils ne racontent pas à leurs copains comment s'est passé ce qui vient de se passer. Pas vrai !?

— Oui... avoua l'autre, un peu dépassé par son subordonné.

— Nous allons voir la nanomémoire, dit Bého en exhibant un cylindre noir mat de cinq millimètres de diamètre et de deux centimètres de longueur entre le pouce et l'index. Si ça contient bien ce que la mute disait, nous les tenons. Imagine comme cela va faciliter leur identification ! Inutile d'enquêter des journées et des journées sur le passé de quelqu'un puisqu'en dix minutes seulement on peut être fixés avec une absolue certitude. Te rends-tu compte ?

— Oui, c'est considérable, en effet ! Avec ça, je peux directement passer Guide Premier !

— Vise Guide Premier, si tu veux. On en reparlera, dit Bého en enfonçant la nanomémoire dans sa vidéo-plaque portable.

Il pianota sur l'appareil et afficha rapidement un sourire épanoui.

— Il y a un document parfaitement lisible qui semble en effet parler de rayonnements ionisants !

***

Masga, Bého et Mox Purol étaient tous les trois dans le bureau privé de ce dernier, place des Grands Platanes.

— Je reconnais que tu as du cran, dit Mox Purol, en tendant un verre à Bého.

Il tourna son regard vers Masga, assise à droite de Bého, et ajouta :

— Il a vraiment buté cinq muts devant moi ! Quatre mâles et une femelle.

Masga regarda Bého avec une expression de surprise. Elle aurait dû être fière de lui, pensait-elle, mais en s'introspectant, elle était bien obligée de constater que quelque chose la gênait. Tuer des muts était bien sûr une bonne chose ! Mais elle aurait préféré que son homme ne le fasse pas. C'était difficile de comprendre pourquoi, mais ça ne lui ressemblait pas de tuer. Il n'était pas un tueur. Elle en était sûre. Ce n'était pas à lui de faire ces choses-là. Elle se trouva ridicule. Au lieu d'être contente de ce qu'il avait fait pour une cause juste, elle éprouvait des sentiments contradictoires inexplicables. Ne les aurait-elle pas tués, elle, dans la même situation ? Bien sûr que si ! Enfin, certainement...

Bého but une gorgée de Killmator que Mox Purol venait de lui servir et poussa un soupir d'aise en guise de toutes paroles. Il avait l'intention de tirer avantage du fruit de son action, mais il préférait prendre son temps pour poser ses exigences. Parler calmement, avec pondération, afficher même une légère distance par rapport à la négociation, tout cela offrait un avantage psychologique certain. Donner l'impression que l'on n'attend pas grand-chose de l'autre, que ce qu'on va éventuellement lui réclamer en échange n'est que modérément désiré, cimente le statut de demandeur de celui avec qui on négocie. Restera alors à endosser le rôle, le plus avantageux, de celui qui donne presque pour faire plaisir tant la contrepartie est terne. Bého était en possession d'une carte de grande valeur, une carte unique qui lui donnait tous les droits. Il était de la plus haute importance de montrer qu'il en était conscient.

Mox Purol versa un peu de liquide bleu dans le verre de Masga puis dans le sien, posa la bouteille sur le bureau et s'assit dans son fauteuil. Il conserva le silence, la tête légèrement penchée, le regard interrogatif. Que vas-tu réclamer en échange ? semblaient demander ses yeux à Bého.

Celui-ci se demanda un court instant si l'homme envisageait de faire usage de la force pour obtenir l'objet gratuitement, au cas où il en demanderait trop. Quoi qu'il en soit, il avait prévu cette éventualité. Masga regardait tour à tour les deux visages. Elle comprenait que son homme avait un moyen de s'imposer aux yeux de Purol. Elle était fière de Bého. Quelque chose l'envahit : plus fort que jamais, elle se sentit à lui. Elle était sa femme. Non pas qu'elle l'eût décidé en toute conscience, intellectuellement admis, c'était une certitude qui s'imposait à elle, faisant fi de la raison dont elle avait traversé le filtre aussi facilement qu'on passe à travers un rideau de fumée. Que Bého fût son homme et qu'elle fût sa femme était pour elle le constat d'une évidence ne souffrant aucun doute, pas plus que nous ne doutons que la tête qui se trouve entre nos deux épaules est bien la nôtre.

— Alors ? finit par lâcher Mox Purol, exaspéré par l'impertinent silence de Bého.

Était-ce une illusion ?! Mox était si intérieurement irrité par l'attitude de Bého que Masga crut entendre ses pensées : « Petit con, va ! ».

— Alors...

Bého s'interrompit pour boire une gorgée de liquide puis reprit :

— Alors, débrouille-toi comme tu veux pour obtenir la promotion qui te fera plaisir en justifiant du fait que je suis un membre de ton équipe et que c'est toi qui m'as recruté. Je suis même prêt à témoigner du fait que tu étais avec moi.

— D'accord, d'accord !... Mais toi ? Qu'est-ce que tu veux, toi ?

— Moi, oh !... Bof... deux choses seulement.

Nouvelle pause. Soulevant le verre devant la lampe du bureau, Bého regarda le liquide par transparence devant la lumière.

Masga n'était qu'en partie au courant. Bého lui avait simplement confié qu'il avait de quoi susciter une très vive convoitise au plus haut niveau du parti. Après l'avoir tendrement embrassée, il lui avait promis de tout lui expliquer par le menu dans peu de temps, dès que ce serait possible.

— Je t'écoute ! relança Mox Purol, faisant des efforts pour dissimuler son impatience.

— ... Heum, heum !... Je sais, je sais ! La première chose, c'est à toi que je la demande : laisse Masga tranquille.

— Hein ?! Mais que ?... C'est-à-dire ?

Masga regarda Bého avec étonnement, mais elle resta coite. Quelques jours auparavant, elle aurait eu peur de perdre la bienveillance de Mox Purol, mais en ce moment, curieusement, elle n'en avait cure. Elle éprouva même un délicieux sentiment de fierté ; son homme s'engageait pour elle. De plus, elle réalisa qu'elle n'avait jamais vraiment aimé Mox Purol. Jusqu'à présent, elle l'avait respecté, parce qu'elle était matériellement dépendante de lui, mais elle ne l'avait jamais apprécié en tant que personne.

— Ne fais rien pour l'impliquer dans ton truc, là ! répliqua Bého, sur un ton d'où pointait une trace d'avertissement, sinon de menace.

— De quoi tu parles, quel truc ?

— Ton parti bien sûr ! Ne fais rien pour l'inciter à prendre part à ce que tu fais ici.

— Qu'est-ce qui te prend ? Je ne comprends pas.

— Tu m'as demandé ce que je veux. Je viens de te le dire, en employant des mots fort simples. Si tu ne veux pas comprendre, c'est autre chose.

Bého prit la bouteille et, avisant que Masga n'avait pas encore bu, il remplit uniquement son verre puis fixa son interlocuteur.

— Bien ! s'exclama ce dernier. Et la deuxième chose ? La première, tu as précisé que c'est à moi que tu la demandes. Est-ce à dire que la deuxième tu vas la demander à quelqu'un d'autre ?

— Oui, en effet.

— Peux-tu me mettre dans la confidence ?

— Sûr ! D'autant plus que je compte sur toi pour rencontrer cette personne. Je pourrais la contacter moi-même mais, pour des raisons de facilité, je préfère t'en charger.

— Bien, bien... Qui est donc cette personne que je dois contacter pour toi ?

— Ton chef.

— Goberto Ohkar, mon Guide Premier ? Nous lui cépherons ensemble, puisque je vais lui parler pour mon propre cas.

— Non, je ne veux pas de conversation cépho-nique, je veux une rencontre. Une rencontre en chair et en os ! Et de plus...

— Bon, je vais voir, mais... je ne sais pas s'il va accepter. Tu sais Goberto Ohkar est toujours très occupé et...

— Mais il ne m'intéresse pas Goberto Ohkar ! Laisse-le là où il est ! Ce n'est pas de lui que je parle.

— Mais, qui alors... ?

— Je te parle de ton grand chef, Mika Sakar ! C'est au Premier ministre que je veux parler.

— ...

Mox Purol eut l'air le plus stupéfait qu'un homme puisse prendre. Masga était manifeste-ment tout aussi surprise. Bého lui décocha un clin d'œil crâne et demanda sur un ton faussement prévenant :

— Tu ne bois plus, Mox ? Il est bon pourtant ton Killmator !

Mox Purol eut soudain le plus grand mal à conserver son calme. Masga avait littéralement l'impression de l'entendre penser quelques épi-thètes du plus mauvais aloi.

— Tu devrais faire attention ! dit-il, sur un ton situé entre le conseil amical et la menace.

Bého afficha un sourire insolent :

— À qui ? À toi ?

— Il n'y a pas de raison que tu te payes ma tête ! Je t'ai traité avec respect, jusqu'à présent. Si c'est la fouille que tu n'as pas supportée... Tu devrais comprendre que je ne te connaissais pas et...

— Je ne me moque pas de toi ! Je te jure que je suis très sérieux en disant que je veux voir Mika

Sakar et personne d'autre. Maintenant si tu n'as même pas le cran de l'appeler, tu peux toujours te réfugier derrière moi ! Dis-lui ce que j'ai en ma possession. Dis-lui que je veux le voir en personne, que je l'exige. Dis-lui que je suis prêt à donner la chose au Front Homo Sapiens, s'il n'en veut pas. Madame Matarie Malont se déplacera peut-être, elle ! En tout état de cause, si tu ne l'appelles pas, moi, j'appelle la mère Malont et je dirais ensuite au père Sakar que j'ai pensé à lui en premier, mais que tu n'as pas voulu lui faire la commission. Là, pour ta promotion... Tu vois ce que je veux dire, n'est-ce pas ?

Mox Purol avait ravalé son air contrarié ; il semblait à présent dépassé. Fronçant les sourcils, il dit :

— Que se passerait-il si jamais nous constations que ce truc était bidon ? Y as-tu pensé ? Imagine que je dérange le ministre pour rien ! Tu crois que ce sera bon pour ma promotion, comme tu dis ?

— Si tu ne veux pas prendre le risque, je peux le proposer à quelqu'un d'autre, comme je te l'ai aussi dit.

— Ce serait tout de même plus prudent de le faire expertiser par quelqu'un et...

— Pour me le faire piquer et qu'ensuite on n'ait plus besoin de moi ! Me prends-tu pour un enfant ? Ça suffit ! Assez discuté ! Je vais rentrer chez moi. C'est demain, à 14 h, le rendez-vous ! Ici même ! Dans ton bureau. Si monsieur le Premier ministre n'est pas là, quand j'arriverai à 14 h, je repartirai à 14 h 01 et j'irai voir ailleurs.

— Oui, oui...

Au moment où Bého se leva, Purol appela en céph : « Venez tout de suite, tous les trois !... », puis il dit :

— Bého, mon vieux, tu es trop sûr de toi !... Juste parce que tu as ça dans ta poche.

Trois hommes entrèrent. Le dernier referma la porte. Chacun d'eux exhibait un paralysant.

Masga se leva à son tour et se rapprocha de Bého qui la prit par la taille.

— Tiens, Tamar ! fit Bého en reconnaissant celui qui avait servi à la démonstration du traceur. Qu'est-ce que tu deviens en ce moment ? J'espère que tu n'as pas pris froid à tes petits orteils !

Tamar afficha une mine renfrognée, mais ignora la remarque. Masga sentit que les trois hommes étaient tendus. Elle s'étonna de ressentir si nettement leur embarras. Ils étaient prêts à obéir à Purol, mais ce n'était pas pour autant qu'ils prenaient plaisir à être là. Masga les connaissait, mais cela n'expliquait pas pourquoi elle lisait si facilement dans leur état d'âme. Elle en était déconcertée. Tous les trois espéraient que Bého n'opposerait aucune résistance et qu'ils ne seraient pas obligés de recourir à la violence. L'un d'eux avait des soucis avec son fils et il avait hâte de rentrer chez lui. Quels soucis ? Elle ne savait pas. Mais comment et pourquoi avait-elle cette intuition, si forte qu'elle ressemblait presque à une information entendue de vive voix. Devenait-elle folle ? Ou était-ce sa céph qui lui jouait de mauvais tours ?

— Qu'est-ce qu'il y a ? demanda Tamar à Purol.

— Empêchez-le de sortir et gardez vos armes dans sa direction. Je pense qu'il va comprendre ce que j'attends de lui. Pas vrai Bého ? Je te conseille de ne pas rendre mes gars nerveux parce qu'ils seraient bien capables de tirer tous les trois en même temps ! Et pour peu qu'ils appuient chacun deux fois sur la gâchette... Tu vois ce que je veux dire ? Je risque d'être obligé de fouiller un cadavre !

Au mot « cadavre », les trois hommes de Purol eurent comme une sorte de frisson mental. Non ! pas de frisson, ça ne voulait rien dire... Plutôt comme un tremblement psychique. Ça ne voulait pas dire grand-chose non plus, mais Masga ne savait pas comment décrire ce qu'elle avait capté, ou « cru » capter, en eux. En tout cas, ils avaient une famille, ils ne voulaient pas avoir d'ennuis. Malgré leur profonde conviction qu'il fallait servir le parti pour lutter contre les muts, ils souhaitaient éviter de s'impliquer trop dangereusement. Comment pouvait-elle deviner tout cela ?

— Ce serait très mauvais pour toi, Purol, répliqua Bého. Tu n'as vraiment rien d'un chef ! C'est vraiment décevant ! Tu croyais vraiment que j'avais gardé ce que tu sais sur moi ? Pauvre naïf ! Je l'ai envoyé ailleurs, bien sûr !... Tout à l'heure, devant toi, quand nous étions dans le roulant tous les deux. Tu ne t'en es pas rendu compte parce que ton petit cœur battait très fort à cause de ce qui venait de se passer. Tu étais sur le point de faire pipi tellement que tu avais peur ! Je comprends que tu n'aies rien compris sur le moment, mais à présent ressaisis-toi. Je t'en prie ! De plus, je n'ai pas fait que ça, sur ma vidéo-plaque, pendant que tu te remettais de tes émotions. Écoute bien : demain, à 10 h, un message partira automatiquement à l'adresse électronique de la direction du Parti Muticide. Ce message explique tout. Il contient même les enregistrements de ta voix qui murmure à côté de moi, quand nous étions près de l'étang. Si je ne fais rien pour annuler l'envoi du message avant demain 10 h...

Le regard de Purol se fit meurtrier, mais il garda le silence. L'humiliation que Bého venait de lui infliger devant les trois hommes lui tordait la poitrine de rage et de ressentiment. Cette ordure me tient ! l'entendit penser Masga. Elle ressentit « l'odeur » de la haine.

— Bon ! Eh bien, nous allons y aller, ma chérie ! fit Bého. Il entraîna Masga avec lui vers la sortie. Sur un regard de Purol, les trois hommes s'effacèrent.

Masga les sentit soulagés.

— Pense à ce que je t'ai demandé au sujet de Masga ! lança Bého avant de franchir la porte.

***

16 h 35.

— C'est vrai ce qu'il a dit ? demanda Masga dès qu'ils furent à l'extérieur. Tu en as tué cinq ?

Bého eut un sourire embarrassé. Il posa son bras sur les épaules de la jeune femme qui marchait à côté de lui et répondit au bout de plusieurs secondes :

— Ma jolie chérie, je t'ai promis de bientôt tout t'expliquer. Je te l'ai promis, mais là, il est encore trop tôt. Ce serait dangereux pour toi de savoir... euh... certaines choses.

Elle le fixa dans les yeux sans répondre. Son regard était si plein d'amour et de confiance qu'elle en fut fortement émue, presque bouleversée.

Le soleil était encore haut. Il faisait beau. Indifférents à la vie des hommes qui se déroulait sous eux, des centaines d'oiseaux piaillaient dans les frondaisons de la place des Grands Platanes.

— On va chez moi ? proposa-t-il. Tu ne connais pas encore mon chez-moi !

Elle hocha la tête vivement avec un grand sourire épanoui. Il y avait du mystère dans son comportement, mais elle avait confiance en lui. Il lui dirait tout, bientôt.

— Tu sais, dit-elle, Mox Purol a très mal digéré que tu l'humilies devant ses hommes, tout à l'heure.

— ...

— Il te haïssait.

— Oh... bof...

— Je l'ai senti très nettement. Tu sais, je ne sais pas comment ça se fait mais... J'avais l'impression de lire en lui.

— Ah bon !

— Je te jure. Tu devrais t'en méfier.

— Ne t'inquiète pas.

Elle eut envie de lui parler de ces étranges odeurs psychiques qu'elle ressentait de plus en plus, mais elle hésita et remis cela à plus tard. Ils sortirent du couvert des arbres, bras dessus bras dessous, se souriant tous les deux amoureusement.

***

CONFLIT GÉNÉTIQUE

Le lendemain, à 13 h 55, Masga et Bého rentrèrent sous le couvert des mêmes arbres, en se tenant toujours de la même façon et en se souriant tout aussi amoureusement. Masga était grisée par ce qu'elle vivait. Rencontrer Mika Sakar en personne ! Rencontrer Mika Sakar en personne, oui, mais en plus, parce que son homme avait exigé qu'il fût là, à cette heure précise, sans une seconde de retard ! Comment aurait-elle pu imaginer être un jour avec un homme capable d'en imposer au Premier ministre lui-même ?

Quand ils entrèrent dans les locaux du parti, ils notèrent, non sans un sourire, que quelque chose avait changé. Tout était soigneusement en ordre et d'une parfaite propreté dans la grande salle.

— Ils ont dû travailler toute la nuit pour recevoir le grand général ! souffla Bého.

Tamar et Solendivo Kermin, qui selon toutes apparences les attendaient, vinrent vers eux.

— Il est là, dit simplement Tamar.

Solendivo se contenta de leur adresser le salut morapien.

Ils osaient à peine regarder Bého dans les yeux, tant impressionnés qu'ils étaient par celui qui avait exigé et obtenu l'impossible.

— Je ne manquerai pas de le féliciter pour sa ponctualité, répondit Bého d'un ton léger.

— Oui, bon... Allons-y. Ne le laissons tout de même pas trop attendre, dit Tamar.

Ils le suivirent jusqu'au bureau de Mox Purol. Tamar ouvrit la porte et, après s'être effacé pour les laisser entrer, il la referma en restant à l'extérieur.

Masga eut l'impression d'être une sorte de souveraine, au bras de son souverain d'homme, et qu'on les traitait déjà avec les égards de ce rang. Son cœur se mit à battre plus fort quand elle vit Mika Sakar. C'était bien lui en personne ! Il était assis dans un grand fauteuil très luxueux qu'elle n'avait jamais vu dans le bureau de son chef ; on avait dû en faire précipitamment l'acquisition pour la circonstance. La pièce avait été réaménagée. Le bureau, poussé dans un angle, servait de table sur laquelle on pouvait voir des rafraîchissements et des amuse-gueules de toutes sortes. Mox Purol était debout, les bras dans le dos, en train de parler à Mika Sakar ; probablement répondait-il à une question. Le Premier ministre regarda entrer Bého et Masga avec un air totalement impénétrable. Masga y nota peut-être une trace d'amusement, mais elle pensa se tromper. En revanche, ça c'était bien visible, après avoir brièvement regardé son homme, Mika Sakar se mit à la dévisager avec une visible curiosité et même plutôt un réel intérêt. Elle en fut très gênée. N'y avait-il pas confusion ? Lui avait-on mal expliqué les choses ? La prenait-il pour celle qui avait ravi aux muts cette précieuse chose, qui était à ce point importante qu'il s'était déplacé pour elle ? Dire qu'elle ne savait même pas de quoi il s'agissait !

— Bonjour, Mademoiselle ! dit Mika Sakar, en inclinant légèrement la tête.

Puis, ce fut presque à regret, parut-il, qu'il tourna son regard vers Bého pour ajouter :

— Bonjour, Monsieur Bého Thaiz.

— Bonjour, Monsieur le Premier Ministre, répondirent simultanément Masga et Bého.

— Asseyez-vous ! Asseyez-vous ! dit Mika Sakar.

Comme Bého et Masga regardaient autour d'eux, il ordonna sur un ton autoritaire et légèrement agacé :

— Faites-les asseoir, euh... vous là... Guide... comment déjà ?

— Mox Purol, Monsieur le Premier Ministre, répondit le responsable local du parti, en poussant un fauteuil vers Masga.

Masga sentit brièvement, mais nettement, la disposition d'esprit de Mika Sakar à l'égard de Mox. Cela fut comme une sorte d'odeur mentale ! Oh ! Non, là, elle disait vraiment n'importe quoi ! À n'en pas douter, elle ferait mieux de consulter ! Comment définir ce qu'elle avait ressenti ? Une sorte de... de... Elle ne trouva rien de mieux que « odeur mentale » ou « odeur psychique ». Toujours était-il que, quel que soit le nom qu'on eût pu donner à cette sensation, elle était l'équivalant mental d'une mauvaise odeur qui avait indiqué à Masga ce qu'éprouvait Mika Sakar pour Mox : il ne le détestait pas, mais il ne l'aimait pas. Elle l'avait très nettement « senti ».

Mox Purol fit rouler un second fauteuil pour le proposer à Bého et s'immobilisa, les mains dans le dos, visiblement embêté.

— Asseyez-vous aussi, Guide Burol, dit Mika Sakar. Ne faites pas l'enfant ! Je n'ai encore jamais mangé un Guide ! Ça se saurait !

Mox Purol s'assit sur le dernier fauteuil qui restait, à gauche de Masga, en s'efforçant de rire un peu et le mieux qu'il put à la plaisanterie de son haut supérieur. Mais, il ne réussit qu'à émettre un grotesque son qui donna presque l'impression qu'il se mouchait. Mika Sakar lui décocha un court regard interrogatif, un sourcil plus haut que l'autre, et haussant imperceptiblement les épaules, il se tourna vers le jeune couple.

— Bien ! fit-il. Guide Pulor m'a parlé de votre exploit, jeune homme.

— Ah ! Monsieur Purol est trop modeste, répondit Bého. En parlant d'exploit, il aura voulu magnifier mon action et je l'en remercie. Il m'a beaucoup aidé, mais son humilité et sa générosité l'auront conduit, j'en suis sûr, à m'attribuer tous les mérites de cette opération.

Masga posa sur Bého un regard chargé d'admiration. Mox Purol se tortilla, croisa et décroisa les jambes plusieurs fois, tantôt l'une par-dessus, tantôt l'autre. Masga eut l'impression que Mika Sakar souriait d'un air amusé. De nouveau, il la dévisagea un instant, puis, après avoir semblait-il chassé une poussière sur la manche droite de sa chemise blanche, il dit :

— Bon, peu importe quel est le pourcentage de mérite qui revient à l'un où à l'autre ! Si j'ai bien compris, vous avez ravi à l'ennemi un moyen très efficace de l'identifier, n'est-ce pas ?

— Extrêmement efficace, même ! Il permet d'identifier un mut en dix minutes, Monsieur le Premier Ministre !

— C'est ce que m'a dit Guide Murol. C'est extraordinaire ! s'enthousiasma le haut dirigeant.

— N'est-ce pas, Monsieur le Premier Ministre ?

— En effet ! Quand je pense que c'est l'ennemi lui-même qui nous apporte cette merveille sur un plateau !

— Il voulait l'utiliser pour nous repérer au cas où nous tenterions de les infiltrer.

— Je sais, oui... Nous ne pourrons donc pas les infiltrer, mais eux non plus. De plus, nous avons un moyen efficace de les détecter. C'est une très bonne nouvelle. Vous avez bien travaillé. Je saurai vous récompenser tous les deux. Mais... J'y songe ! Dites-moi Guide Purgol, que sont devenus les cinq cadavres ? Vous deviez vous renseigner ! Avez-vous essayé d'interroger des témoins ?

— J'ai envoyé un homme enquêter, Monsieur le Premier Ministre. Il doit me donner des nouvelles d'un instant à l'autre. Mais comme les cadavres ont disparu et qu'aucun service de police ne semble au courant... On ne peut que supposer que l'ennemi a récupéré les corps au plus vite.

— Euhmmm... Oui. Les muts doivent donc savoir que nous sommes en possession de ce moyen radical de les identifier.

Sur cette réponse, Mika Sakar distribua quelques rapides regards autour de lui. Le bureau encombré de boissons, de petits biscuits et autres bricoles à grignoter, le sol, les murs et le plafond furent balayés par son regard en une seconde. « On se croirait dans une caverne », dit-il. Non, en fait il n'avait véritablement rien dit, réalisa Masga, mais elle avait eu l'hallucinante impression de l'avoir entendu. Entendu, d'une certaine manière. Elle l'observa tandis qu'il sortait un petit bout de tissu blanc d'une poche intérieure de sa veste. Il s'en servit pour essuyer avec une extrême délicatesse le bout de sa chaussure droite avec son index tendu dans cette toile souple et douce. Il examina ses deux souliers marron, si parfaitement propres qu'on les eut crus surnaturels, et demanda en remettant le bout de tissu au fond de sa poche intérieure :

— Existe-t-il un moyen rapide de s'assurer que ce détecteur fonctionne correctement ? En utilisant les rares muts que nous avons sous la main, j'imagine, n'est-ce pas ? Comment faire sinon ?

Mika Sakar faisait allusion à six personnes : quatre hommes et deux femmes. Les enquêtes menées par le Parti Muticide avaient révélé qu'elles étaient des muts. Elles n'étaient pas officiellement prisonnières, mais une équipe du parti était chargée de ne jamais les perdre de vue. Trente personnes se relayaient nuit et jour pour les surveiller de près, les accompagnant plus ou moins discrètement dans tous leurs déplacements et restant plantées devant chacune de leurs habitations.

— Je ne sais pas... Oui... C'est sans doute une bonne idée, Monsieur le Premier Ministre, répondit Bého.

Mika Sakar accorda un rapide regard bienveillant à Masga avant de s'adresser à Mox Purol :

— Et vous, Guide Rupol, qu'en pensez-vous ?

— Je pense que c'est une excellente idée, Monsieur le Premier Ministre. Mais... il faudrait faire fabriquer un prototype de l'appareil pour le tester !

— Combien de temps cela prendra-t-il, selon vous ?

— C'est déjà fait, Monsieur le Premier Ministre, intervint Bého. J'ai pris l'initiative de le faire fabriquer. C'est un appareil très simple. Voyez, j'en ai déjà un exemplaire sur moi.

Bého montra un cube noir mat de quelque trois centimètres d'arête. Un bouton rouge était visible sur une de ses faces.

— Ah, c'est bien ! Vous êtes un rapide ! s'enthousiasma Mika Sakar. Je suis impatient d'avoir la confirmation que ça fonctionne. Guide Pumol, faites venir ici dans les plus brefs délais un de ces muts.

— Maintenant, Monsieur le Premier Ministre ?

— Bien sûr, maintenant ! Allez-y, j'attends.

— Mais...

— ?

— Je n'en ai pas les attributions, Monsieur le Premier Ministre.

— C'est ma foi vrai ! Excusez-moi ! Je m'en occupe.

Mika Sakar appela son bras droit en céph : « Lizi, j'ai besoin d'un mut. Fais-moi venir celui qui s'appelle... euh... Ce grand gaillard très fier, là ! Oui, c'est ça : Mika Maxolin. Le plus vite possible !...... Oui, fais-le venir là où je suis, sans délai, s'il te plaît. Sans délai, mais sans brutalité. Insiste bien auprès des hommes à ce sujet, j'y tiens. Pas de brutalité. »

— Lizi Marnot s'en occupe, confirma Mika Sakar. Le mut sera là dans peu de temps. J'ai choisi Mika Maxolin, comme vous avez dû l'entendre. Ce n'est pas parce que nous avons le même prénom, mais c'est parce que c'est lui qui nie le plus farouchement qu'il est un mut.

***

15 h 00.

Il y a de cela trois mois, Mika Maxolin avait été enlevé et séquestré par quatre inconnus. Ils l'avaient questionné plus de deux heures, en présence de Mika Sakar, tentant de lui faire avouer qu'il était un mut.

Espérant le faire passer aux aveux, ils avaient déballé toute sa vie pour lui démontrer qu'il n'avait que douze ans, bien qu'on lui en donnât facilement vingt-cinq ou trente.

Mika Maxolin avait nié avec force en répliquant que sa vie ne regardait que lui et qu'il n'avait pas envie d'en parler avec eux. Ils avaient longtemps insisté, sans devenir violents, bien que de toute évidence certains d'entre eux en avaient très envie. Mika Sakar, qui avait participé à l'interrogatoire, avait fini par demander qu'on le remette en liberté, mais, depuis ce jour-là, Mika Maxolin savait qu'on ne le quittait pas des yeux. Partout et tout le temps, on savait où il était. Il avait même fini par reconnaître la plupart de ceux qui l'espionnaient, tant il les voyait à l'affût souvent. Parfois, l'un d'entre eux s'asseyait trois tables plus loin dans un restaurant ou un café, parfois il en voyait un farfouiller dans le même étal que lui ou l'étal voisin d'un marché, parfois on était sur ses pas sur un trottoir, ou bien trois marches plus bas sur un escalator... Et quand il prenait un roulant ou même un volant, qu'il fît trois kilomètres ou qu'il changeât de continent... peu de temps après son arrivée, on était encore sur ses talons.

Mika Maxolin savait que ceux qui le suivaient avaient d'énormes moyens.

Oui, depuis trois mois, il avait eu le temps de mémoriser presque tous les visages de ses suiveurs obstinés. Aussi fut-ce avec facilité cet après-midi-là, alors qu'il sortait de chez lui dans l'intention d'aller voir un ami, qu'il reconnut les deux hommes qui s'approchèrent de lui. Il n'eut malheureusement pas le temps de réagir quand l'un d'eux sortit un paralysant de sa poche. L'homme tira sur sa jambe droite. Mika Maxolin sentit l'impact de la minuscule sphère de substance paralysante qui pénétra dans son muscle. Il lui fut rapidement impossible de marcher, mais les deux hommes le soutinrent chacun par un bras. Avant qu'il ne réalisât complètement ce qu'il arrivait, ils le firent entrer de force dans un roulant qui attendait non loin de là. Deux passants assistèrent à la scène, mais tout se déroula si vite !...

***

Il était à peine 15 h 30 quand Mika Maxolin fut introduit dans le bureau de Mox Purol. Avant son arrivée, Mika Sakar avait exigé que l'on apporte un fauteuil confortable pour lui.

— Je veux qu'il soit reçu avec un minimum de courtoisie, avait-il déclaré.

Il avait également demandé à ce que le détecteur de mut allumé soit dissimulé sous le fauteuil.

— Bonjour, Monsieur le Premier Ministre ! dirent d'une même voix les deux hommes qui soutenaient le présumé mut, toujours privé de l'usage d'une de ses jambes.

Ils s'attendaient à voir le haut dirigeant là, mais ils n'en furent pas moins impressionnés.

— Bonjour, Messieurs. Installez ce jeune homme dans ce fauteuil, s'il vous plaît. Restez avec nous, mais fermez et attendez devant la porte. Que personne n'entre !

L'un des hommes ferma puis ils se plantèrent tous deux devant la porte. Mika Sakar sourit à Mika Maxolin et lui déclara :

— Jeune homme, je sais que vous avez été conduit ici d'une manière tout aussi musclée qu'illégale, mais je tiens à vous rassurer : vous ne craignez rien. Nous nous connaissons déjà. J'ai eu l'occasion de vous poser quelques questions et souvenez-vous que nous ne vous avons pas mal traité.

Mika Maxolin eut un rapide regard vers Masga, Bého et Mox Purol.

— Je vous présente Masga Kie, Bého Thaiz et Guide Pujol, dit le président sur un ton aimable.

Masga fut surprise que Mika Sakar fît l'effort de retenir son nom alors qu'il semblait presque prendre plaisir à déformer celui de Mox Purol qui était pourtant plus gradé qu'elle dans le parti. De nouveau, elle « sentit » la mauvaise « odeur psychique » qui était la représentation de ce que Mika Sakar éprouvait pour Mox.

Alors qu'il se passe soudain tant de choses nouvelles pour moi, notamment que je rencontre l'homme de ma vie, je suis en train de perdre la raison ! se dit-elle avec inquiétude.

Mika Maxolin gardait le silence. Il se mit à regarder ses genoux, comme s'il attendait de voir sa jambe se remettre à bouger.

— Je vous prie de bien vouloir pardonner la manière dont je vous ai invité à venir devant moi,

Monsieur Maxolin ! poursuivait Mika Sakar. Voulez-vous boire quelque chose ?

— Non, je ne veux pas boire, répondit Mika Maxolin d'une voix faible. Que me voulez-vous ? Que me voulez-vous ?

Masga s'en voulut presque de ressentir un peu de compassion pour ce jeune homme qui ne semblait pas si méchant que ça. C'était tout de même un mut ! Fort probablement en tout cas...

— Voilà trois mois que vous me faites surveiller, poursuivait Mika Maxolin. Je ne peux même pas me plaindre aux fliqueurs, le ministre de l'Intérieur est de votre bord ! Que faire ? Que me voulez-vous ? Je vous ai dit que je ne suis pas un mut. Et même si j'en étais un ? Est-ce que ce serait ma faute ? Qu'est-ce que j'aurais fait de mal pour autant ?

— Vous prétendez toujours ne pas en être un ? demanda Mika Sakar.

— Je le prétends toujours, oui. Même si, comme je viens de le dire, je ne vois pas ce qu'il y a de coupable à en être un.

— C'est une question difficile, jeune homme. Il n'y a rien de mal fondamentalement à être un mut. C'est certain ! Mais... comment vous expliquer cela ? C'est une question philosophique. Tous les gens que je représente dans le Parti Muticide, ainsi que moi-même évidemment, nous ne voulons pas d'une race qui entre en compétition avec notre descendance au risque de la mettre en péril. Si vous aviez des enfants, sans doute n'aimeriez-vous pas vous demander s'ils risquent de devenir un jour les esclaves d'une race dominatrice ! Prenez ça comme une sorte de réaction de défense du gène. Le gène a pour mission de se reproduire, de perdurer. Il ne veut pas se laisser supplanter. Le gène est prêt à tout pour se perpétuer. Et que sommes-nous d'autre que ce que le gène a inventé pour durer ? Nous ne sommes que son véhicule, son outil de survie, non ?

— Je n'ai pas l'intention de dominer qui que ce soit, moi !

— Peut-être pas... Mais comment savoir ce qui se passera plus tard entre les muts et les humains ?

— Alors, vous me faites suivre pour éviter que je domine vos enfants ? C'est ça ? Tous les gens de votre parti ont le même problème avec moi ?

— Toutes les motivations ne sont pas précisément les mêmes. Je vous accorde que certains haïssent les muts parce qu'ils sont prédisposés à haïr tous ceux qui sont différents d'eux, tout simplement. Peut-être est-ce parce qu'ils répondent inconsciemment à ce que je viens de dire au sujet de la défense du gène qu'ils servent. Pourquoi le font-ils d'une manière si... euh... rustique, disons ? C'est un autre débat. Le gène n'a pas forcément besoin d'un véhicule nanti d'une grande intelligence consciente pour survivre. Disons même que les brutes qui détruisent tout ce qui ne leur ressemble pas, sans trop de conscience, ont eu un avantage dans la sélection darwinienne que n'ont pas eu ceux qui étaient trop xénophiles.

Mika Sakar marqua un temps d'arrêt et s'adressa à Mox Purol :

— Guide Mujol, quelle est votre motivation, à vous, par exemple ?

— Euh... Monsieur le Premier Ministre, je...

— Peu m'importe la motivation de cet homme ! coupa Mika Maxolin. Monsieur Sakar, pourquoi suis-je ici ? Que voulez-vous de moi ? Vous ne m'avez pas fait venir ici uniquement pour me parler de votre conception du gène et p pou... pour m'o... m'off... rir... à... à boi...

Mika Maxolin se tut, probablement troublé par ce qu'il lui arrivait.

Là encore, Masga se surprit à plaindre le jeune homme. Qu'allait-il se passer à présent pour lui ?

— Monsieur Maxolin, dit le président, je vais vous faire conduire chez moi. Je vous fais la promesse que vous serez libre ce soir, au plus tard à 18 h.

Puis s'adressant à ceux qui avaient amené Mika Maxolin :

— Messieurs, conduisez cet homme, avec le plus grand ménagement, chez moi. Vous serez attendu par Madame Lizi Marnot. Soumettez-vous à ses ordres et instructions. Je vous recommande encore de faire preuve de la plus grande courtoisie possible envers cette personne que je vous confie. Utilisez une force graduée en cas d'extrême nécessité. Si monsieur subit le moindre désagrément, vous aurez à vous en justifier auprès de moi. Vous pouvez y aller.

Ils aidèrent Mika Maxolin à se lever. Sa jambe avait retrouvé une partie de sa mobilité, mais ils le soutinrent malgré tout pour sortir.

Mika Sakar prévint aussitôt son bras droit d'un rapide appel céphonique : « Lizi. Je viens de demander à ce que Mika Maxolin soit emmené au siège. Reçois les deux hommes qui l'accompagnent. Veille à ce que Mika Maxolin ne manque de rien....... Oui... Je te rejoins d'un instant à l'autre... Oui, très concluant. On en parlera tout à l'heure, j'arrive bientôt. »

Masga pensait au désarroi du mut. Elle n'avait pas senti l'odeur psychique (c'est ainsi qu'elle s'était résolue à appeler cette étrange sensation) de sa détresse, mais vu sa situation qu'aurait-il pu éprouver d'autre ? Ce type-là n'a rien à voir avec ceux qui ont tué mes parents et mon frère, se disait-elle. Que c'est compliqué de choisir un camp !
...
Le président coupa sa céph-communication et s'exclama :

— Résultat positif ! C'est un succès ! Un succès qui va considérablement changer le rapport de force dans la bataille, n'est-ce pas ? Je vais convoquer sur-le-champ les cent Guides Premiers pour refaire l'expérience devant eux. On laissera ensuite le mut rentrer chez lui. Vous êtes vivement invités à venir avec moi. C'est un grand jour ! Vraiment ! Le parti saura vous en être reconnaissant. Guide Murjol, je vais rapidement vous promouvoir Guide Premier à la place d'un actuel Guide Premier. Je ne sais pas encore lequel, mais ce n'est pas votre problème, n'est-ce pas ? Monsieur Bého Thaiz, je vous propose la même chose. Quant à vous, Mademoiselle Masga Kie... Qu'est-ce qui vous ferait plaisir ? Voulez-vous prendre la place de Guide Plurol ?

— Mais, je n'ai rien fait qui mérite une promotion, Monsieur le Premier Ministre !

Le fondateur du parti sourit, chassa quelque chose d'invisible du bout d'un doigt sur son genou gauche et répondit :

— Je suis sûr que si. Sans doute avez-vous motivé le zèle de Monsieur Bého Thaiz, n'est-ce pas ? Mais nous reparlerons de vos promotions plus tard. Allons à mon bureau, pour l'heure. J'ai hâte de retrouver mes murs ; ces lieux sont affreusement poussiéreux !

Mika Sakar ne parut pas voir que Masga rougissait. Et Masga ne remarqua pas que Bého oscilla doucement la tête de gauche à droite en souriant furtivement au Premier ministre.

***

Une semaine plus tard, tout le système solaire était au courant du fait qu'il existait désormais un détecteur de mut. C'est simplement ainsi qu'on appela l'appareil. Cette information eut l'effet d'une véritable déflagration médiatique. On ne parlait plus que de ça. Les uns hurlaient que c'était un véritable scandale de stigmatiser ainsi des êtres qui semblaient aussi humains que tout autre humain, les autres soutenaient qu'il était important de savoir à qui on avait affaire. Très peu n'avaient aucune opinion. Des discussions et même des affrontements enflammaient tous les médias. On parlait de ça en famille, on en parlait dans la rue, on en parlait dans les cafés, partout où l'on pouvait parler. Mika Sakar avait encouragé quelques industriels à fabriquer l'appareil pour le vendre. Attirés par ce nouveau marché qui pouvait rapporter des sommes substantielles, ils ne s'étaient pas fait prier. Aussi le trouvait-on déjà dans de nombreux magasins et en vente par correspondance, sous différents noms de marques : Visimut, Detecmut, Mutdeceleur... Les manifestations de ceux qui s'opposaient à la vente de l'appareil n'avaient guère ralenti sa distribution. Ils avaient beau brandir des pancartes devant les magasins, distribuer des tracts, exprimer leur indignation sur le Réseau, ou haranguer les foules, très rapidement il y eut de plus en plus de détecteurs de mut dans les familles. Les discours des fournisseurs étaient simples ; ils tournaient autour de la question : « Est-ce faire du mal à quelqu'un que de savoir qui il est ? ». Mika Sakar avait dit lors d'un interview :

— Un judas sert à savoir qui est derrière votre porte. Un détecteur de mut sert à savoir qui vient chez vous. Alors que tout le monde trouve tout à fait naturel qu'il existe un appareil vous révélant qui est derrière votre porte, comment se fait-il que certains s'offusquent que l'on veuille savoir qui entre dans nos murs ?

Masga ne savait pas pourquoi Bého avait demandé à Mox Purol de ne pas l'impliquer dans le parti. Mika Sakar lui avait proposé de devenir Guide à la place de Mox Purol qui était à présent Guide Premier. Mais Bého lui avait conseillé de refuser. Quelque chose au fond d'elle lui disait qu'il serait bon de suivre ce conseil, mais ce n'était pas facile de s'éloigner du parti. Il lui versait un salaire. Certes modeste, mais c'était sa seule source de revenus. Et puis, il y avait aussi l'appartement qui lui était loué pour un prix dérisoire uniquement parce qu'elle était du parti. Elle n'avait pas envie de se retrouver du jour au lendemain sans argent et à la rue. Bého avait compris tout ça. Il lui avait proposé de l'aider financièrement, mais elle avait gentiment refusé.

Alors qu'elle pensait à tout ça, elle marchait d'un pas vif dans la rue Reveldevaure. C'était la fin de l'après-midi. L'air était confortablement frais. Les odeurs psychiques devenaient de plus en plus perceptibles, surtout depuis les trois derniers jours ; elle avait envie de se confier à Bého à ce sujet.

Un couple marchait, sur le trottoir opposé. En les dépassant, elle sentit le parfum psychique de leur sentiment amoureux. L'homme était dans l'état d'esprit d'un enfant insouciant. Savourant son bonheur, il ne pensait à rien d'autre qu'à de petits plaisirs à partager. Il avait envie d'inviter la jeune femme, peut-être au restaurant ou simplement à manger une glace quelque part ; Masga n'arrivait pas à le sentir avec plus de précision. La femme avait déjà beaucoup de projets. Elle avait envie de parler de leur future maison, de planifier leur futur, d'en discuter avec lui. Masga sentait nettement tout cela.

Un jeune garçon la croisa sur le trottoir. Les billes étoilées et les doubles S valent deux coups, pensait-il. Elle avait déjà constaté que les jeunes enfants étaient plus faciles à « lire » ou à « sentir », quel terme convenait-il le mieux ? Ce qui lui arrivait l'effrayait un peu. Est-ce que sa céph défectueuse lui offrait accidentellement un réel pourvoir de perception mentale ou était-elle au contraire en train de lui détraquer l'esprit ? En pensant aux milliards de nanorobots, qui fabriquaient et entretenaient un complexe réseau de racines nanométriques dans son cerveau, elle eut un frison. Elle avait hâte d'en parler avec son homme.

Bého habitait presque au bout de la rue Reveldevaure qui donnait sur une place au milieu de laquelle siégeait une halle couverte, surmontée d'un beffroi, une très vieille construction, plusieurs fois centenaire. Masga et Bého s'étaient promenés sous son toit de vieilles tuiles, parmi ses poutres de chêne presque pétrifiées par le temps. Arrivée devant le numéro 6, Masga appuya sur la sonnette. Bého essayerait certainement encore de la convaincre le plus diplomatiquement possible d'accepter son aide, pensait-elle. Il avait l'air de tant tenir à ce qu'elle laisse tomber le parti ! « Tu me rembourseras plus tard, quand tu travailleras ailleurs, disait-il ». La porte demeurant close, elle sonna une deuxième fois, sortit un petit miroir de son sac à main et s'y mira deux secondes en tapotant gracieusement sa chevelure ici et là. Elle eut une petite moue d'incertitude avant d'enfouir le complice de sa beauté dans les profondeurs de son sac. Trente secondes s'écoulèrent encore sans que la porte s'ouvrît. Elle leva machinalement la tête pour regarder au deuxième étage, puis, se disant que Bého était peut-être aux toilettes, elle attendit encore deux ennuyeusement longues minutes avant de décider d'appeler en céph. Le répondeur de Bého lui récita son message personnalisé : « Je ne suis pas en ligne, ma chérie ! Laisse-moi un message. Je te rappellerai très vite. Je t'aime fort. À tout à l'heure. ». Une troisième pression sur la sonnette, plus insistante que les deux premières, ne donna aucun résultat. Il y avait à présent plus de dix minutes qu'elle attendait devant la porte. Que pouvait-il bien se passer ? Il était convenu qu'ils devaient se rencontrer devant chez lui à 17 h 30. Il était 17 h 42 ! Pourquoi ne répondait-il plus en céph ? S'il avait eu un empêchement de dernière minute, il l'aurait prévenue, elle en était certaine. Elle attendit jusqu'à 17 h 50, en sonnant encore deux fois, puis elle se résolut à rentrer chez elle. Au moment où elle allait partir, la porte s'ouvrit. Son cœur fit un bond. Un homme sortit en lui adressant un vague hochement de tête en guise de bonjour. Masga sourit en réponse. Dès qu'il lui tourna le dos pour s'éloigner, elle se faufila dans l'entrée avant que la porte ne se referme.

C'était un vieil immeuble, équipé d'un vieil ascenseur installé dans la cage d'un vieil escalier. Elle monta au deuxième étage en courant. Devant la porte de Bého, elle hésita dix secondes, l'oreille tendue. Aucun son ne révélait une présence à l'intérieur de l'appartement. Elle sonna et tapa même plusieurs fois avec ses doigts pliés puis prêta à nouveau l'oreille. Rien. Pas un son.

Déçue, et même un peu perplexe, elle se résolut à rentrer chez elle.

***

Dans son appartement, Masga regardait l'heure toutes les minutes. Il était 22 h 30 et elle n'avait toujours pas de nouvelles de Bého. Tous ses appels en céph ne débouchaient que sur le message du répondeur. Elle n'avait rien mangé de la soirée et n'avait vraiment pas faim. Jamais, elle ne s'était sentie si anxieuse. Il s'est forcément passé quelque chose de très grave, se disait-elle, sinon, il aurait pris la peine de me contacter. Mais où pouvait-il être ? Elle avait appelé les deux hôpitaux de la ville, ils n'avaient aucune personne de ce nom dans leurs murs. Cycliquement, elle ouvrait sa fenêtre pour jeter un œil dans la rue, puis la refermait pour allumer son récepteur d'holovision, comme s'il elle espérait qu'il lui donnât une information précieuse sur ce qui avait pu arriver à Bého, mais elle l'éteignait aussitôt, pour marcher dans un sens puis dans l'autre avant d'ouvrir à nouveau la fenêtre. Le temps ne passait pas. À 23 h 15, son anxiété atteignit son paroxysme. Elle se résolut à contacter Mox Purol ; c'était la seule personne dans ses relations qui pouvait avoir des nouvelles de Bého. Au moment où elle s'apprêtait à lui cépher, la sonnerie d'un appel résonna dans sa tête : c'était justement Mox Purol.

— Oui ? répondit-elle, du fond d'un profond gouffre d'angoisse.

L'appelait-il pour lui annoncer quelque chose de grave concernant Bého ?

— Masga... tu es au courant ?

— Au courant de quoi ?

— Pour Bého Thaiz ? Tu es au courant ou pas ?

Elle n'arrivait pas à répondre. Son cœur venait de s'emballer, il lui défonçait littéralement la poitrine.

— Alors, tu sais ou pas ?

— Quoi ? coassa-t-elle.

— Vraiment ! Tu sais pas ?

Mais qu'attendait-il ?

— Je ne sais pas de quoi tu parles, Mox ! Arrête de faire des mystères, s'il te plaît ! De quoi s'agit-il ?

— Je vais te répondre, mais... J'ai un doute tout à coup... Je vais te poser une question. Réponds simplement par oui ou par non : est-ce qu'il est avec toi, là, en ce moment ? S'il est là, dis simplement oui.

Il n'était donc pas mort ! Un immense soulagement lui rendit la voix :

— Non. Il n'est pas là. Je voulais justement te demander si tu ne savais pas où il est ?

— Non, je ne le sais pas ! Et pour cause, il a disparu de la circulation ! Il t'a bien eue ! Il nous a tous bien eus ! Il nous a trompés en beauté, le salaud ! Ma pauvre petite, va !

— C'est à dire ? de quoi parles-tu ?

Il ricana sinistrement :

— Si tu n'es pas au courant, tiens-toi bien. Tu t'es payé un mut, ma vieille !

— Quoi !

— Tu as bien compris. Bého est un mut. Il t'a trompée. Il m'a trompé. Il nous a tous trompés. Il s'est servi de toi. Et de moi aussi. Il nous a tous...

— Qu'est-ce que tu racontes ? Tu es devenu fou !? cria-t-elle.

— Je te dis que c'est un mut ! UN MUT ! Il s'est servi de toi et de nous tous !

Elle ne l'écoutait plus. Elle hurla en céph :

— Tu es fou, hein ! Tu es complètement fou ! Qu'est-ce que tu racontes ? Sale type ! Tu dis n'importe quoi !

Elle coupa la communication et se jeta sur son lit. Le visage dans les mains, elle hurla et pleura, agitée de convulsions. Mais Masga ne pleura pas longtemps. Elle s'arrêta brusquement, soudainement honteuse d'avoir gobé cette idiotie, de ne pas avoir eu confiance en Bého. Elle se trouva indigne de lui. Que lui était-il arrivé ? Comment avait-elle pu douter de lui ? Comment avait-elle laissé ce pauvre type de Mox Purol parler de son homme de la sorte ? De toute évidence, Mox Purol était jaloux de Bého ; il était tout aussi moche et ridicule que Bého était beau et brillant. Il ne pouvait que l'envier. Elle s'assit sur le bord du lit et sécha ses larmes en adressant des pensées d'excuses à son homme : « Excuse-moi, mon amour, je ne sais pas comment j'ai pu croire un instant ce pauvre type ! Je ne te mérite pas ! J'ai honte de moi. ».

Elle appela Mox Purol, bien décidée à lui demander des explications pour ses paroles insanes. Il répondit aussitôt :

— Ça y est ma grande ! Tu rappelles pour avoir des détails ?

— Pour que tu me donnes des explications, surtout ! Qu'est-ce qui te permet de...

— Ah, je vois que tu n'as encore pas gobé la chose ! Je te comprends ! Moi aussi, j'ai été sonné sur le coup ! Figure-toi que Mika Sakar m'a passé le pire savon de ma vie et que je me suis fait virer de mon poste de Guide Premier à grands coups de pieds au cul, si j'ose dire !

— ... Tu... Tu es f... De quoi tu parles ?

— Comment ça, de quoi je parle ? Tu ne comprends toujours pas, merde alors ! Certains de nos gars ont enquêté sur lui. Il s'avère que c'est un mut. On en est sûrs !

— Mais... Pourtant, le détecteur de mut !

— Le détecteur de mut ne fonctionne forcément pas, puisqu'il est lui-même un mut !

— Mais à quoi tout cela rimait-il, alors ? Et puis on l'a bien essayé nous-mêmes. Il a fonctionné devant nous.

— Oui, il a fonctionné sur un mut complice. La belle affaire ! Un mut complice qui a disparu comme ton Bého, d'ailleurs !

Cette fois, ce fut lui qui raccrocha.

***

Masga était prostrée. Assise sur son lit, dos contre le mur, elle semblait fixer le sol, mais son regard était vague. Elle se sentait si abattue, si vide de toute énergie, qu'elle n'avait plus la force de pleurer. Son amertume était profonde. Elle se sentait si cruellement trahie par Bého ! Bého qui devait bien rire *in petto*, bien sûr ! De toute évidence, il n'y avait eu aucun mort. Les cinq complices avaient dû se relever bien vite.

Masga ne comprenait pas comment elle avait pu se laisser à ce point ensorceler par cet homme. Pourquoi avait-elle ressenti si fort qu'il était « son » homme ? Pourquoi avait-elle éprouvé une attirance si forte ?! Pourquoi, même à présent, n'arrivait-elle pas à le haïr pour cette ignoble trahison ? Mox Purol et Mika Sakar devaient le détester, eux, c'était certain ! Mika Sakar devait même faire tout ce qu'il pouvait pour le retrouver. Brusquement, elle se dit qu'elle aussi devait tout faire pour se venger. Pour retrouver celui qui l'avait trahie, celui qui s'était servi d'elle, qui avait poignardé son cœur, qui avait anéanti au fond d'elle tout l'amour qu'elle avait en réserve, tout l'amour que désormais elle pourrait ressentir pour quiconque. Elle serra les mâchoires et se leva. Première chose, se dit-elle, je dois rencontrer Mika Sakar et me mettre à sa disposition pour traquer le traître. Si j'arrive à le convaincre de ma motivation, il me donnera des moyens. Il n'a pas les mêmes raisons que moi de vouloir se venger, mais il doit en rêver lui aussi. C'est certain !

***

7 h 00.

Masga marchait lentement dans le parc, sous les arbres, en direction de la tour géante. Dans un premier temps, elle avait pensé aller demander à Mox Purol de l'aider à voir Mika Sakar, mais elle avait finalement décidé d'essayer de rencontrer le Premier ministre directement. Ce ne serait certes pas facile ! Il n'était pas le genre d'homme que l'on aborde aisément, mais elle se disait qu'en passant par la hiérarchie ce ne serait pas plus rapide. Rien que pour convaincre Mox, déjà ! Et puis elle n'avait pas envie de lui devoir quoi que ce soit de plus à celui-là ! Pourquoi le détestait-elle tout d'un coup ? Elle n'en savait rien. Elle n'en savait rien... peut-être pas tout à fait ! Disons qu'elle n'avait pas envie de s'avouer qu'elle n'avait pas du tout aimé ce qu'il avait dit au sujet de Bého. Elle n'avait apprécié, ni ce qu'il avait dit, ni la manière dont il l'avait dit. Quelle contradiction, s'avoua-t-elle ! Alors qu'elle aurait dû détester celui qu'elle avait pris pour l'amour de sa vie, elle continuait à souffrir qu'on parlât mal de lui. Sachant que, se disant cela, elle se dirigeait toujours vers l'immense tour dans l'intention d'offrir sa collaboration pour traquer Bého, il est facile de mesurer la confusion qui régnait dans son esprit. Elle avait dans l'idée de s'adresser à la première personne qui lui barrerait le passage en lui disant simplement : « Faites savoir au Premier ministre que Masga Kie veut le voir le plus vite possible ! ». Il ne peut que se rappeler de moi, se disait-elle, et il se doutera bien de quoi je veux lui parler. Elle repensa à l'étrange sourire que Mika Sakar lui avait plusieurs fois adressé dans le bureau de Mox Purol, ne sachant qu'en penser. Puis, lui revinrent à l'esprit toutes les horreurs que Mox avait dites au sujet de Bého. Cela la mettait dans une colère de plus en plus grande chaque fois qu'elle l'évoquait. Ses pas se firent plus lents. Que faisait-elle ? Elle savait très bien qu'elle n'aurait jamais la force de faire du mal à Bého, à son homme... Oh, non ! Dans ses pensées, elle avait encore dit : « mon homme. » Elle se sentit soudain abattue, épuisée. Elle serait sans doute tombée à genoux sous la charge de son désespoir si une voix ne l'avait pas fait sursauter :

— Mademoiselle ! Il faut que je vous parle.

Stoppant sa marche, elle se retourna vivement. Un jeune homme lui faisait face. Ils étaient toujours sous le couvert des arbres, mais sur le point d'en sortir. La clairière dans laquelle se trouvait l'étang n'était plus qu'à quelques pas. D'un signe de tête, il l'invita à rester à couvert en répétant :

— Je dois vous parler !

— Que voulez-vous ? demanda-t-elle, d'une voix déformée par le chagrin et la lassitude. Qui êtes-vous ?

— Je vous promets de vous dire qui je suis, si vous me permettez de vous dire d'abord qui vous êtes vous-même.

Le jeune homme parlait doucement, en jetant fréquemment des regards sur les côtés et par-dessus son épaule.

— ... ?!

Devant l'attitude étonnée et visiblement abattue de Masga, il ajouta :

— Je veux vous parler de Bého aussi, mais, je vous en prie, ne restons pas là trop longtemps. Suivez-moi...

Lui parler de Bého !? Masga accepta de l'écouter. Elle rebroussa chemin pour le suivre. Ils sortirent du parc sans échanger un mot et, toujours silencieux, l'inconnu l'entraîna dans un café situé sur une petite place non loin de là. Il lui fit signe de s'installer en terrasse et prit place en face d'elle. Posant ses coudes sur la petite table ronde qui les séparait, il la regarda d'un air gêné :

— Je m'appelle Modalls. J'ai quelque chose de très important à vous apprendre sur vous-même, dit-il. Mais, je ne sais pas trop comment m'y prendre.

— Dites ça n'importe comment. Je me débrouillerai avec. Vous avez dit que vous vouliez me parler de Bého, aussi.

— Bien sûr ! Je l'ai dit. Mais je dois d'abord vous parler de vous.

— Hé bien ! je vous écoute. Allez-y !

— Oui, oui... Euh... Je vais commencer par une question. Vous avez appris que Bého est un mut, n'est-ce pas ?

— Oui.

— Que savez-vous des muts, exactement ?

— Qu'est-ce que ça peut vous faire, pour parler poliment ?

Il allait répondre, mais une serveuse l'interrompit.

— 'jour ! Qu'est-ce que j'vous sers ?

Il regarda Masga, l'invitant à commander.

— Un Zlag, dit-elle.

— Pareil, un Zlag.

La serveuse disparue, il fixa Masga un moment, paraissant chercher une manière de reprendre son propos, puis dit soudainement :

— Savez-vous que ma céph me pose des problèmes ?

— Hein ?! Non, je ne le savais pas. Mais... que...

— Oui, je ne reçois pas les images. Je peux cépher, car j'entends bien les sons, mais les images, je ne les vois pas.

— Ah... mais...

— Non, je ne vous ai pas demandé de parler avec moi pour m'en plaindre et vous demander de la réparer. J'essaie simplement de vous amener à comprendre quelque chose.

— Ah, et ben... que devrais-je comprendre d'autre que ce que vous venez de me dire : que vous avez de problèmes avec votre céph ?

— Euh... Attendez !...

La serveuse posa les deux verres de Zlag sur la table et repartit aussitôt.

— Je me souviens quand quelque chose a commencé, reprit l'inconnu. Au début c'était très ténu, presque imperceptible. Je pensais que ça venait de mon imagination. J'avais l'impression de ressentir l'humeur des gens. S'ils étaient heureux ou tristes, s'ils étaient haineux ou amoureux. Bien sûr, les expressions du visage donnent de bonnes indications de ces états d'esprit, mais moi je croyais les ressentir sans même les regarder.

Masga eut un soudain regain d'intérêt pour ce que lui racontait Modalls.

S'arrêtant de parler, il but la moitié de son verre puis il la fixa intensément, essayant de guetter une réaction.

— Je vous écoute, lui dit Masga.

— Plus tard, assez vite, je me suis rendu compte que je ne rêvais pas. Je lisais de plus en plus précisément dans l'esprit des gens. J'ai vite compris que cela n'était pas dû au mauvais fonctionnement de ma céph.

— À quoi alors ?

La réponse ne fut pas prononcée, mais Masga la perçut nettement : « Au fait que je sois un mut. »

Masga sentit son cœur s'emballer.

« Vous aussi, vous êtes une mute, Masga ! poursuivait Modalls, toujours sans prononcer le moindre mot. Comme moi et comme Bého. Vous êtes une mute ! »

Modalls cessa un moment de « parler ». Le « silence » mental se fit dans l'esprit de Masga. Le jeune homme lui laissait quelques secondes pour assimiler le fait, pour se faire à cette idée, pour en appréhender toute la mesure. La révélation était aussi stupéfiante qu'évidente. Elle était déconcertante, mais elle tombait sous le sens. Masga ne pouvait que se demander pourquoi elle ne lui était jamais venue à l'esprit et c'est précisément ce qu'elle faisait, bien qu'il y eut pour le moment très peu de place pour cette question ; il se passait tant d'autres choses dans sa tête au même instant ! Toutes ces pensées se bousculèrent en elle, ne passant que fugacement au premier plan de sa conscience. Que se dire au sujet de sa haine des muts ? Mais alors, qu'est-ce qui l'empêchait d'aimer Bého ? Comment Modalls savait-il qu'elle était une mute ? Bého le savait-il aussi ? Que pouvait-elle apprendre de plus au sujet des muts, et donc au sujet d'elle-même ? Que devait-elle faire à présent ? Comment devait-elle orienter sa vie, sa nouvelle vie ? Comment accepter l'aide financière et immobilière du Parti Muticide ? Que lui voulait ce mut ? Pourquoi prenait-il la peine de lui dire ce qu'elle aurait dû comprendre toute seule depuis si longtemps ? Savait-il qu'elle était au Parti Muticide ? Était-elle considérée comme une traîtresse ? Allait-il exercer des représailles ? L'esprit de Masga était à la fois tétanisé par l'incroyable découverte de sa nature et surchauffé par le torrent de questions qui découlait de cette révélation.

Modalls se remit à communiquer silencieusement : « Vous n'avez rien à craindre de moi. Personne ne pense que vous êtes une traîtresse. Oui, Bého sait que vous êtes une mute. Je ne peux pas tout vous expliquer maintenant, car je suis dans l'urgence. Il m'a parlé de vous. Je sais qu'il vous aime. Je sais que vous l'aimez aussi. C'est surtout pour ça que je devais vous parler. Bého a besoin de nous. »

CONFLIT GÉNÉTIQUE

Tout en communiquant télépathiquement, Modalls avait prononcé une phrase sans importance, visiblement pour dissimuler la nature de leur véritable conversation :

— Je suis fatigué en ce moment. Je ne sais pas pourquoi, mais je dors mal.

Comment lui répondre ? Où était Bého ? Et pourquoi avait-il besoin d'aide ? se demandait Masga. Modalls le lui dit :

« Pour me répondre, contentez-vous de penser. Je ne sais pas où est Bého, mais je suis presque certain de savoir ce qui lui est arrivé. J'ai besoin de vous pour lui venir en aide. J'ai tant de choses à vous révéler en si peu de temps ! Je suis traqué. Ne dites surtout à personne ce que je vais vous dévoiler là : Mika Sakar... ».

Le train de noèses qui parvenait à l'esprit de Masga s'arrêta brusquement. Il fut remplacé par quelque chose qui ressemblait à une déflagration ou à une décharge électrique mentale tant c'était fort ! Et cela avait le « goût » ou « l'odeur » de la peur.

« Fuyez ! Fuyez Masga ! Entendit-elle hurler, aussi bien avec son esprit qu'avec ses oreilles.

Quatre hommes, surgis d'elle ne savait où, s'étaient soudainement précipités sur Modalls. Un bras musclé lui serrait déjà le cou et il n'émettait plus que quelques râles. Se levant précipitamment, Masga l'entendit cependant dans son esprit : « Fuyez Masga ! ».

Elle hésita. Un des hommes essaya de l'attraper par la taille en criant :

— Attention ! la femelle se barre !

Masga fit un bond en arrière, renversant plusieurs tables au milieu des cris des clients. En un éclair, elle vit l'homme brandir un paralysant dans sa direction. Elle s'élança en zigzaguant dans la rue.

« Fuyez Masga ! entendait-elle toujours en elle. Ne parlez surtout à personne de notre pouvoir télépathique. N'en parlez jamais ! J'essaierai de vous... ».

Elle ne reçut plus rien. Était-il arrivé quelque chose à Modalls ? Ou le pouvoir télépathique n'atteignait-il pas cette distance ? Dans sa course précipitée, l'esquisse de cette question traversa sa tête une fraction de seconde seulement. Elle entendit hurler dans son dos :

— Ne la laissez pas filer ! Retenez-la ! C'est une mute !

La panique la propulsa plus vite encore.

Masga courait. Elle courait aussi vite qu'elle pouvait, à la limite des capacités de son corps athlétique. Mue par la peur, elle ne sentait ni la fatigue, ni les signaux de douleur émis par ses muscles et ses tendons.

DEUXIÈME PARTIE

LA FUITE

8 h o8.

L'homme courait plus vite qu'elle. Dans cette partie de rue peu encombrée, il gagna du terrain. Il était cependant encore trop loin pour ajuster son tir. Heureusement, Masga était plus agile que lui dans les changements brusques de direction, pour éviter les passants ou pour contourner les obstacles. Arrivée au bout de la rue, à une vitesse qui faisait tressauter sa vue, cogner douloureusement son cœur et hurler ses poumons, elle entra dans un nouvel environnement lui permettant de mettre cet avantage à profit : la place encombrée d'un marché. Elle zigzagua autour des stands et des étals, sautant brusquement d'un côté ou de l'autre, bousculant quelques personnes et attirant tous les regards. Chaussures, alimentation, literie, outillage, bijoux, vêtements... Pour éviter un couple, elle s'engouffra sous une tenture dans laquelle des chemises étaient pendues. L'une d'elles se plaqua sur son visage. Elle s'en débarrassa d'un geste vif pour retrouver la vue sans ralentir sa course autour des emplacements.

Son poursuivant perdit beaucoup de temps dans ce dédale. Ressortant du côté opposé de la petite place, elle s'engagea dans une étroite ruelle, l'homme toujours à ses trousses, mais beaucoup plus loin derrière elle.

Les gens se retournaient sur son passage. Elle les « entendait » penser : « Que se passe-t-il ? Qui court après elle ? ». Certaines de ces émanations psychiques correspondaient à des paroles, d'autres n'étaient que des pensées. L'état mental général était : « Ça ne nous regarde pas. N'allons pas au-devant d'ennuis en nous en mêlant. ». Quelqu'un eut une pensée manifestement hostile ; il se disait qu'elle devait être une mute et il espérait bien qu'elle allait être capturée ou même abattue. Une autre personne se dit également qu'elle était sans doute une mute, mais celle-ci était sans la moindre hostilité ; elle était indifférente, regardant ce qui se passait comme on regarde distraitement un oiseau passer dans le ciel.

Masga se dirigeait vers les quartiers pauvres, dans la vieille ville. Elle sentait que son corps entamait ses dernières réserves d'énergie et l'homme ne la lâchait pas. Il semblait en très bonne condition physique. La rue étroite, sale et défoncée, était bordée de vieilles habitations grises aux murs dégradés. De rares piétons et quelques habitants devant leur perron se retournaient sur son passage, un effluve de curiosité émanant de leur esprit. Un peu plus loin devant elle, sur la droite, la rue paraissait plus lumineuse. Elle vit bientôt que cela était dû à une interruption dans l'alignement contigu des immeubles. C'était un terrain vague encombré de ruines ; on avait dû abattre des habitations trop anciennes qui menaçaient de s'écrouler, mais on n'avait pas encore déblayé les décombres. Elle s'accrocha au grillage qui en interdisait l'accès, l'escalada prestement et se laissa tomber de l'autre côté. Un éclair de douleur lui déchira la cuisse droite. Une longue tige de fer rouillé sortant d'un bloc de béton avait déchiré son pantalon. L'élancement avait été fulgurant, mais elle manquait de temps pour constater les dégâts. Elle monta sur un tas de décombres, se tordant les chevilles et se remplissant les chaussures de poussière et de petits débris abrasifs. Une partie des premiers étages était encore debout. Des pièces, en partie démurées, semblaient offrir des cachettes. Dans la descente, de l'autre côté du monticule de gravats, elle se tordit un pied et tomba en arrière, se cognant le dos et le coude droit sur le béton rugueux et poussiéreux. Elle se releva aussitôt, mais cette fois la douleur lui arracha un cri. Un mur lui proposa un passage, un trou d'un mètre cinquante de haut environ. Elle s'y engouffra tête baissée et s'arrêta cinq secondes pour reprendre son souffle. De l'avant-bras, elle décolla les mèches de son visage maculé de sueur poussiéreuse, et balaya les lieux d'un rapide regard. Le sol recouvert d'une épaisse couche poudreuse ne laissait rien voir de lui. À droite, le mur était totalement absent. À gauche, à en juger par la lumière qui passait, une porte donnait sur l'extérieur ou sur une pièce à demi détruite. En face, une ouverture sans porte offrait un escalier. Sans trop savoir ce qu'elle faisait tant elle était épuisée, elle décida de monter. À peine avait-elle gravi les premières marches qu'elle entendit des bruits de pas dans le tas de gravats. L'homme était déjà là. Il approchait. La haine qui l'emplissait exhalait une odeur putride qui remplit Masga d'horreur, car elle se souvint d'avoir éprouvé ce sentiment pour les muts. Elle savait ce qu'il était capable de lui faire. Elle monta rapidement au premier étage. Le sol était recouvert de la même moquette de poussière jaunâtre. Elle dut réprimer une envie d'éternuer en se pinçant les narines. Sa jambe droite cruellement griffée par la ferraille lui faisait très mal, mais bien moins cependant que sa cheville gauche qui lui envoyait à présent des vagues douloureuses à chaque pas. Contrôlant sa respiration pour ne pas être entendue, elle s'approcha discrètement d'une des deux portes-fenêtres sans vitres qui se trouvaient du côté du tas de décombres. Un frisson de peur l'envahit. Il était là, sur le point d'entrer, mais paraissait hésiter sur le chemin à prendre. Elle paniqua. S'il prenait l'escalier ! Elle regarda rapidement autour d'elle pour voir s'il y avait une autre issue pour sortir. Il n'y en avait pas. Finalement, au lieu de prendre le même chemin que Masga, le chasseur se mit à longer le mur. Elle l'observa avec prudence, reculant précipitamment la tête dès qu'il faisait mine de lever les yeux. Il avançait doucement, le paralysant en main, se retournant fréquemment et jetant des regards vers les fenêtres. Elle fut contente de constater qu'il semblait très essoufflé, lui aussi. L'idée lui vint de jeter quelque chose au loin pour lui faire croire qu'elle était ailleurs, mais la manœuvre lui parut naïve, bien trop connue, éculée. Cela n'aurait pour effet que de lui confirmer qu'il y avait bien quelqu'un dans les environs. Elle changea de fenêtre en se déplaçant vers la gauche pour suivre sa progression le long du mur, continuant à l'observer avec la plus grande prudence. Une impression poisseuse attira une seconde son attention vers sa jambe de pantalon déchirée. Le tissu était plein de sang, mais elle n'eut pas le temps de s'en inquiéter : soudain, sans explications, l'homme fit demi-tour. Le cœur de Masga, qui commençait à peine à ralentir un peu, s'emballa de nouveau. Qu'allait-il faire ? Repartir, ou entrer au rez-de-chaussée pour monter ici ? Revenu sous la première fenêtre, devant l'ouverture que Masga avait empruntée, il se baissa pour regarder à l'intérieur, marquant un temps d'arrêt pour s'essuyer les yeux d'un revers de manche. C'est alors qu'un torrent d'adrénaline glacée se rua dans les veines de la jeune mute. Profitant de l'aide de cette alliée inattendue que fut la poussière, elle passa par la porte-fenêtre et sauta à pieds joints sur le dos de son poursuivant qui s'écroula sous le choc. Malgré son état d'épuisement et ses multiples douleurs, elle ne perdit pas l'équilibre et quand quelques secondes plus tard l'homme se remit debout, elle était déjà hors de sa vue.

La fuite éperdue reprit dans la rue sordide. Bientôt, le souffle commença à lui manquer. Ses jambes semblaient ralentir malgré elle, elles répondaient moins bien. Sa respiration hurlante ne suffisait pas à lui fournir l'oxygène que réclamait sa machinerie biologique poussée à la limite ultime de ses performances.

À la première intersection, elle tourna brutalement à gauche et essaya de reprendre de la vitesse, mais une porte ouverte attira son regard. Elle stoppa, s'engouffra dans l'ouverture obscure et referma le battant qui grinça. La soudaine chute de luminosité l'enveloppa de profondes ténèbres. Privée d'informations visuelles, sa conscience fut submergée par les sons, les sons de son propre corps qui dominaient cet environnement. Elle entendit son cœur battre à une cadence infernale, les pulsations de son sang dans ses tempes ainsi que les mouvements de l'air goulûment absorbé et puissamment rejeté par ses poumons. D'autres signaux lui parvinrent aussi. Celui de ses jambes qui tremblaient, de la lancinante douleur de sa cuisse blessée, de la sueur qui coulait sur sa peau, dans ses yeux, sur sa poitrine moite. Puis elle ressentit la plainte de ses pieds meurtris, de ses chevilles endolories, de ses muscles épuisés. Son corps tout entier émettait une véritable cacophonie de sensations douloureuses. Le front appuyé contre son avant-bras, lui-même plaqué contre la porte de bois rugueuse, elle haletait, l'ouïe tendue au travers de la porte. Mais c'était par pure habitude qu'elle se concentrait encore machinalement sur ce sens-là. L'homme n'était pas proche. Elle aurait senti sa présence psychique. Il y avait bien des esprits qui passaient derrière la porte, dans un sens ou dans l'autre, mais aucun ne faisait attention à elle. Si ! Un esprit proche était particulièrement attentif à elle. Mais ce n'était pas l'homme. Focalisant son pouvoir mental sur cette personne, elle faillit s'exclamer de surprise. L'esprit en question n'était pas à l'extérieur, mais avec elle, ici, dans son dos. Elle se retourna brutalement et fouilla l'obscurité du regard. Ses yeux s'étant accommodés à la faible luminosité, elle vit une forme de petite taille.

— N'aie pas peur, fillette ! dit la silhouette.

— ... ?

Soudain, la lumière se fit. Masga se retrouva devant une vieille dame qui tenait une énorme poêle dans sa main gauche ; son index droit était encore sur l'interrupteur qui avait fait jaillir la clarté.

— T'as l'air d'avoir bien peur, fillette ! poursuivit la vieille dame en posant son lourd ustensile de cuisine sur une cuisinière en mauvais état. Qu'est-ce qui te file cette trouille-là ? Tu peux tout me dire ; je ne suis pas une méchante dame. Gabie, j'm'appelle !

Masga, qui reprenait difficilement son souffle, resta plaquée contre la porte pour considérer l'occupante des lieux : petite femme un peu voûtée, cheveux blancs bouclés, robe bleu nuit parsemée de fleurs blanches. Son parfum psychique n'était pas hostile ; il était doux, amène. Masga écarta une mèche qui tombait devant ses yeux et offrit un sourire timide à Gabie.

— Tu m'as l'air aussi gentille que terrorisée, p'tite chose. Viens t'asseoir, que tu souffles plus fort que tous les vents du monde ! Qu'est-ce qui te fait peur comme ça ?

Tout en parlant, elle saisit une des chaises rangées sous la table qui occupait le centre de la pièce et la tira pour la proposer à Masga.

La jeune mute s'assit et dit entre deux respirations :

— Merci, Madame !

Elle regarda autour d'elle. C'était une petite cuisine avec une fenêtre donnant sur la rue, voilée par des rideaux rouges.

— Madame ! Je suis donc si vieille que ça que tu m'appelles Madame ?! maugréa Gabie. Appelle-moi Gabie ou même Gab. Et toi ? Quel est ton nom ?

— Masga, Ma... Je m'appelle Masga, Gabie.

— Euhm... Voilà qui est mieux ! Quand je pense que j'ai bien failli t'assommer, tout à l'heure ! Figure-toi que je venais à peine de rentrer chez moi. J'étais partie pour faire quelques petites courses. Je n'avais pas encore fermé la porte et te voilà qui entres chez moi et qui refermes. J'attrape ma poêle. Je la tiens bien à deux mains, mais je m'aperçois que tu n'es qu'une p'tite chose qui me tourne le dos et qui va bientôt s'écrouler toute seule. Alors, j'attends un peu avant de cogner. Heureusement ! Alors, Masga ? Qu'est-ce qui fait que tu as couru comme ça ? Hein ? En plus, tu saignes, là, sur ta jambe. Il faudrait soigner ça !

— ... euh...

— Je parle, je parle, mais j'pense à rien ! Tu dois avoir soif, p'tite chose, va ! déclara la vielle dame en plaçant un verre sous le robinet d'un évier en plastique blanc.

Quand le verre fut plein, elle le posa sur la table devant Masga. Celle-ci réalisa qu'elle était dans un état de déshydratation qui lui fit considérer cette eau comme une merveilleuse offrande. Elle but le contenu du verre tout entier et ne put retenir un léger soupir d'aise qui ravit la vieille dame.

— Je ne suis pas bien riche, c'est sûr, mais de l'eau je peux t'en offrir plus que tu ne peux en boire ! dit-elle en remplissant à nouveau le verre.

Elle le tendit à Masga en disant :

— Tu n'es pas obligée de m'expliquer ce qui t'arrive, p'tite Masga. Terrorisée comme tu l'étais,

c'est normal que tu sois encore un peu farouche !
C'est à moi de t'apprivoiser.

Masga but rapidement la moitié du verre, puis
continua à absorber ce qui restait du liquide bien-
faiteur en « humant » le parfum psychique de Gabie. La vieille dame n'était que bonté, curiosité, et
disponibilité.

— Merci beaucoup, Gabie ! Je ne sais pas comment vous remercier...

Des coups sur la porte l'interrompirent. Masga
sursauta et bondit de sa chaise. Une onde de douleur irradia sa jambe. Gabie l'attrapa par le bras et
la poussa derrière un long rideau sombre en lui
murmurant :

— Cache-toi là. Bouge point ! j'vais voir.

Masga reconnut le souffle psychique de son
poursuivant ; c'était une puanteur de haine. Elle
s'en voulut de ne pas l'avoir remarqué plus tôt,
avant qu'il ne frappât à la porte. Son état de
grande fatigue expliquait sans doute cela.

— Qui est-ce ? cria la vieille dame.

— Ouvrez, s'il vous plaît ! Une dangereuse fugi-
tive est dans le coin. Elle est dangereuse !

— Qui est-ce ?

— Ouvrez ! cria l'homme, en tambourinant plus
fort.

— Qui est-ce ?

— Ouvrez ou je défonce la porte ! hurla-t-il.

— Je n'entends rien ! Je vais ouvrir, attendez !

Gabie passa sa tête derrière le rideau et souffla :

— Reste là, p'tite chose. Je m'occupe de cet
abruti.

Pour l'heure, Masga n'avait guère le choix.

L'intrépide vieille dame ouvrit la porte. L'homme entra. Aussitôt, sa pestilence haineuse envahit les récepteurs mentaux de Masga. C'était tout à fait l'équivalent psychique d'une répugnante exhalaison. Elle en eut la nausée. De nouveau, une peur panique s'empara d'elle. De nouveau, elle se souvint de sa propre haine envers les muts. Et de nouveau, elle s'interrogea sur ce qui lui arrivait à présent : l'absurdité de cette situation était-elle une sévère leçon de la vie ?

— Bonjour, Madame ! Je suis à la recherche d'une jeune femme extrêmement dangereuse ! Il y a des chances qu'elle soit quelque part dans le quartier.

La respiration haletante de l'homme indiquait qu'il avait beaucoup couru. Il avait dû aller jusqu'au bout de la rue, et qui sait où, avant de revenir ici !

— Ah bon ? dit Gabie. Houlala ! Ça fait peur, ça ! Houlala !

— Vous n'avez rien vu ?

— Houlala ! Houlala ! Ça fait peur, ça ! Houlala !

— Vous n'avez rien vu ? demanda-t-il plus fort.

Masga sentit une odeur de suspicion et d'hésitation.

— Hein ? Non ! Houlala ! J'ai peur moi ! Houlala ! Non. Je n'ai rien vu. Mais vous n'allez pas me laisser seule, hein !? Il faut me protéger. Je suis vieille. Houlala ! Ça fait peur, ça !

— Je peux regarder un peu ? questionna l'homme. Qu'est-ce qu'il y a derrière cette porte ?

— C'est un placard. Houlala ! Ça fait peur ça ! Houlala !

Masga sentit une intention se former dans l'esprit de Gabie, mais elle n'eut pas le temps de la flairer plus que ça. Un grand « Bong » se fit entendre, suivi de divers bruits. Elle tressaillit, le cœur battant. Le rideau s'écarta. Gabie, la poêle à la main, déclara :

— Tu peux sortir de là, p'tite chose. J'ai calmé ce sinistre clown !

Masga sortit de sa cachette. L'homme était étendu sur le sol, devant une porte de placard à demi ouverte. Une chaise était renversée et la table était de travers. L'odeur de haine avait quitté les lieux.

— Je veux bien lui en donner un coup sur la tête chaque fois qu'il fera mine de se réveiller, dit Gabie, en faisant bouger son arme de cuisine, mais le problème c'est qu'il va falloir s'en débarrasser à un moment ou à un autre. J'ai peur que ses amis le cherchent. Puis, ça ne fait pas beau, ça, chez moi. Suis pas bien riche, mais je tiens propre mon modeste chez moi.

— Je suis désolée, vraiment désolée ! s'exclama Masga. Je ne voudrais surtout pas que vous ayez des problèmes à cause de moi. Vous êtes si gentille !

Gabie observa Masga avec un air maternel.

— Ah ! Ah ! C'est toi qui es trop gentille, ma p'tite chose ! Regarde l'aut' gros lard, là, ce que j'en ai fait ! Tu lui demanderas si je suis gentille !

Elle posa son gourdin de cuisine sur le fourneau et se baissa pour ramasser le paralysant qui avait glissé sous la table.

— En plus, je suis mieux armée, à présent ! ajouta-t-elle, en tournant l'objet dans ses mains pour l'observer. Tu sais où c'est qu'on appuie sur ce truc pour tirer, toi ? Ah ! là sûrement ! Sur ce bouton-là...

Masga eut un sourire menu :

— Vous ne pouvez pas rester longtemps avec ce type sur votre sol. C'est aller au-devant d'ennuis. Je vais partir. Pas que je veuille vous abandonner ! Avec ce que vous avez fait pour moi, ce serait ingrat. Mais il vaut mieux pour vous que je ne sois pas là quand il reprendra connaissance.

Le regard de Gabie la couvant d'un air attendri lui donna l'impression d'être une enfant naïve.

— Ne te fais pas du souci pour moi, fillette. Je ne suis pas seule. Je vais demander à mon petit-fils de venir. Il va me virer ce gros tas de viande dehors en lui faisant bien comprendre qu'il n'a pas intérêt à se montrer dans le secteur. Mon petit-fils est très persuasif ! Toi, tu vas te reposer, tu en as bien besoin. En revanche, tu n'as pas besoin de me raconter ton histoire. Je te parie que t'es une petite mute terrorisée par de sales types qui te courent après ! Non ?

Gabie sentait tellement la gentillesse que Masga avoua :

— Oui. C'est ça.

— Et est-ce que tu sais où aller ?

— Non. Je ne sais pas. Je n'ai pas d'argent, plus de maison... Plus rien.

— Dans ce cas, ta maison, c'est ici ! Tu en as une à présent. Tu habites avec nous, au 510 de la rue Sturanar.

— Je...

— Ne dis rien, repose-toi. Tu vas t'allonger. Viens ! Je vais te montrer ce qui sera ta chambre.

CONFLIT GÉNÉTIQUE

Gabie rangea le paralysant dans son placard, puis entraîna Masga dans une autre pièce, petite et sans fenêtre. Elle lui montra un divan couvert d'un tissu jaune à carreaux rouges, patiné çà et là par la crasse et l'usure. Masga était si épuisée que c'est à peine si elle remarqua sa couleur. Elle s'allongea sur le dos et sourit à Gabie qui lui fourra un coussin sous la tête.

— Vous êtes si gentille, Gabie ! Je ne sais comment vous remercier.

— Tu seras bien, là ! Reprends ton souffle. Je te soignerai cette blessure tout à l'heure. Inutile d'appeler mon petit-fils, finalement, il ne devrait pas tarder à rentrer. Il saura quoi faire de l'autre triste sire, là !

Gabie s'assit à côté de Masga, dans ce qui avait l'air d'être un siège de roulant sans doute récupéré sur un vieux véhicule. Masga lui adressa un sourire reconnaissant :

— Que serais-je devenue sans v... Oh !

Le masque d'angoisse qui tomba brusquement sur le visage de la jeune fille surprit la vieille dame. Une épouvantable odeur psychique venait d'atteindre les délicats récepteurs mentaux de Masga : un flux de haine et de rage inondait les lieux. Elle se redressa brusquement et tourna la tête vers l'entrée de la pièce. Gabie suivit son regard. L'homme était là, debout dans l'encadrement de la porte. Je n'aurais jamais dû le laisser sans surveillance, réalisa Masga, la fatigue a eu raison de moi. Le coup de poêle semblait avoir imprimé un mauvais souvenir sur son crâne. Il se le toucha du bout des doigts en grimaçant et tonna :

— Où est mon arme ?

La vieille dame ne pouvait rien contre lui. Masga, épuisée et blessée, pas grand-chose non plus. L'homme était grand et fort. La musculature imposante de ses bras nus saillait et roulait au rythme de ses mouvements.

— Serais-tu une vieille mute, toi aussi ? demanda-t-il. Serais-je tombé sur un nid ?

Il eut un sourire mauvais pour ajouter :

— Si vous ne me rendez pas mon arme, je vais être obligé de vous tuer à mains nues !

Tandis que Masga s'efforçait de rassembler le peu d'énergie qui lui restait et qu'elle cherchait une idée pour sortir de cette situation, Gabie lui répondit :

— Je vous conseille de déguerpir en courant le plus vite possible, à toute allure, sans vous retourner, et de ne jamais revenir dans le coin. Vous m'avez l'air d'un gentil garçon, malgré l'air méchant que vous voulez bien prendre, aussi ça me ferait de la peine qu'il vous arrive quelque chose de fâcheux.

Alors qu'il s'approchait d'elles menaçant, il marqua un temps d'arrêt pour répliquer :

— C'est toi, vieille mute, qui vas me faire quelque chose de fâcheux ?

Il rit avant d'ajouter :

— Pratiques-tu un art martial, seulement connu des muts, qui te permettrait de me donner une sévère correction ?

Il rit encore et tendit sa main vers Gabie en disant :

— Je vais commencer par toi, alors. On verra bien si c'est ça !

Masga s'apprêtait à sauter au cou de l'homme, mais, dès qu'elle posa trop brutalement son pied droit sur le sol, sa cheville explosa de douleur. Elle chancela et retomba assise sur le divan.

— Masga, ne bouge pas ! s'exclama Gabie.

Puis, s'adressant à l'homme, en secouant son index tendu devant son nez, comme si elle s'adressait à un incorrigible enfant qui fait des bêtises :

— Je vous aurais prévenu ! Si vous nous faites le moindre mal, mon petit-fils va vous démonter de la tête aux pieds. Je ne pourrais pas l'arrêter. Je ne pourrais plus rien pour vous. Vous ne pourrez pas vous défendre avec vos petits bras de fillette malingre. Il va vous détruire. Le coup de poêle sur la tête, comparé à ce qu'il va vous faire, ce ne sera pas grand-chose.

L'homme regarda ses bras en fronçant les sourcils.

— Petits bras, moi ! Je vais tuer ta petite-fille sous tes yeux, puis j'attendrai ton petit-fils avec toi. Je vais me faire toute la famille ! Vieille folle, va ! Je vais détruire ta famille de rats...

La porte d'entrée grinça. L'homme se retourna. Il fut aussi surpris que Masga de découvrir le petit-fils de Gabie. Celui-ci mesurait facilement plus de deux mètres quarante. Pour entrer dans la pièce, il dut baisser la tête afin de passer sous l'encadrement. Ses bras étaient aussi gros que le buste du chasseur de muts. Masga reconnut un super-lutteur.

— Que se passe-t-il, Mém ? demanda le géant.

Il n'attendit pas la réponse de sa grand-mère et s'adressa à celui qui lui causait du souci :

— Alors, comme ça, ma mémé est une vieille folle ?

— Ne le détruis pas complètement, Jalotant ! Mais explique-lui qu'il ne doit plus jamais revenir nous ennuyer.

— Oui, Mém !

Sur cette réponse laconique et d'un geste d'une rapidité féline, Jalotant referma son énorme main droite sur le cou de l'homme. On vit ses muscles se contracter. Gabie tourna la tête en grimaçant quand on entendit un sinistre craquement. La nuque brisée, l'homme se mit à pendre mollement au bout du bras du colosse.

— Il ne t'ennuiera plus Mém, dit-il simplement. Je vais aller m'en débarrasser. Je reviens de suite.

Il posa négligemment le cadavre sur son épaule et sourit à Masga, qui hésitait entre s'évanouir ou piquer une crise de nerfs.

— Bonjour, Mademoiselle ! dit-il en inclinant légèrement la tête.

— Masga, je te présente Jalotant Kass, mon petit fils. Un jour, il sera le superlutteur le plus célèbre.

Masga fit un effort pour sourire gentiment.

— Ne te fais pas remarquer avec ça, ma p'tite chose, dit Gabie à Jalotant. Il y a quelques grands sacs dans la cave.

— T'inquiète pas, Mém ! répondit le géant en sortant.

Masga regarda Gabie d'un air atterré. Le front caché par ses deux mains, la jeune femme semblait vouloir mettre un écran de protection devant elle.

— Il l'a tué ! gémit-elle.

— Oui. Je l'avais prévenu, ce type. En voilà un qui ne te fera plus courir, p'tite chose ! Mais tu as une drôle de tête ! Tu ne vas pas me dire que tu plains ton chasseur, tout de même ! Il avait bien l'intention de te tuer, lui !

— Vous avez raison, dit Masga, sans pouvoir s'empêcher de penser qu'elle avait elle aussi chassé les muts, mais qu'elle ne l'avait pas payé aussi cher.

— Bon ! Je vais te laisser dans ta chambre prendre du repos un moment. On s'occupera de tes blessures ensuite. Et puis, plus tard, on mettra un peu d'ordre dans cette pièce pour que tu y sois bien.

Il était presque midi. Après avoir éteint la lumière, Gabie s'était retirée pour que Masga se repose toute seule. La jeune mute était de nouveau allongée sur le divan, dans l'obscurité. Elle n'avait pas dormi la nuit précédente et, avec tout ce qu'elle venait d'endurer, elle était dans un état d'épuisement qu'elle n'avait jamais connu, mais son esprit était si agité qu'elle n'arrivait pas à trouver le sommeil. Le parfum psychique de Gabie, dans la pièce voisine, arrivant jusqu'à elle comme une émanation apaisante, finit par la calmer un peu. Elle pensa à Bého, se demandant où il était et ce qu'il devenait, emplie d'angoisse à l'idée qu'on eût pu lui faire du mal. Le moment où son poursuivant avait trouvé la mort de la main de Jalotant revint la hanter. Pire que le funèbre craquement qui avait précédé l'envol de la vie, elle avait perçu les dernières pensées de l'homme. La haine avait été remplacée par la surprise, la surprise par la peur, la peur par une brève terreur, celle qu'inspire une mort certaine à très court terme. Ensuite, le cerveau encore en activité fut le siège d'un mélange chaotique de pensées rémanentes qui dura jusqu'au départ de Jalotant. Un frisson glacé la parcourut quand cette abominable psycho-émission lui revint en tête. Elle s'efforça de penser à autre chose, évoquant le doux et mystérieux regard de Bého. Il fallait qu'elle soit forte. Son homme était quelque part et il avait besoin d'elle. Ce n'était pas le moment d'être faible, de se laisser impressionner par un cou rompu. La vie était ainsi faite ! Qu'y pouvait-elle ? D'accord, elle avait chassé les muts ! Elle avait été influencée. Comment aurait-elle pu savoir ? La vie lui avait donné une leçon, elle n'était pas prête de l'oublier : « Il est préférable de ne pas se hâter quand il s'agit de haïr qui que ce soit. ». Non, elle ne l'oublierait pas, elle en fut plus que certaine. À présent, il ne s'agissait pas de haïr les hommes, non-muts, mais simplement de se défendre contre les chasseurs de muts. Et puis, le plus important était de retrouver les bras de Bého. Une chose importante aussi : vérifier les informations selon lesquelles des muts avaient tué ses parents. Elle finit par sombrer dans un sommeil agité par toutes ces pensées qui s'emmêlaient.

***

19 h 50

Masga s'éveillait lentement. Dans cet état de conscience qui zigzague sur la frontière séparant le monde réel du monde onirique, elle perçut deux effluves psychiques. Elle connaissait l'une d'elles, mais l'autre lui était inconnue. Toutes deux étaient cependant agréables, bienveillantes. Progressant de seconde en seconde vers l'éveil, elle finit par reconnaître le psychoparfum (Ce nouveau mot, qui lui vint spontanément à l'esprit, lui plut.) de Gabie. En s'éveillant complètement, elle réalisa en s'appuyant sur un coude que l'autre odeur psychique était celle du colosse. Indubitablement amicale, elle était totalement saturée de curiosité. Eût-elle été une véritable odeur, le nez de Masga en serait presque tombé ! Ils étaient tous les deux assis, Gabie dans le fauteuil de récupération et Jalotant sur le sol, les genoux enserrés dans ses énormes bras.

— Ça va mieux ? demanda Gabie.

— Oui, merci, répondit Masga.

Elle voulut s'asseoir pour leur faire face, mais la douleur la fit grimacer.

Le géant eut un air désolé et désemparé ouvrant inutilement ses bras un instant, comme s'il voulait la retenir.

— Ne bouge pas ! dit Gabie. Je vais m'occuper de tes bobos.

Elle montra une paire de ciseaux :

— Je vais découper ton pantalon. Le sang l'a collé sur ta jambe. Ensuite, on verra bien.

Masga se laissa faire. La vieille dame œuvra avec application, fronçant par moments les sourcils sous la concentration. Jalotant poussait de légers gémissements en se posant une main sur la tête chaque fois que Masga grimaçait en serrant les dents. L'opération dura un peu plus d'une demi-heure. Masga se recouvra avec une seule jambe de pantalon et un pansement plutôt bien réalisé sur la cuisse droite nue. Gabie avait dit que la blessure n'était pas très profonde et qu'avec le cicatrisant qu'elle avait mis dessus, elle serait vite refermée.

— Nous allons manger quelque chose à présent ! Je présume que tu as faim ?

Masga réalisa en consultant l'horloge parlante de sa céph, qu'elle avait dormi tout l'après-midi, qu'il était vingt heures, et qu'elle mourait de faim. Gabie l'aida à s'asseoir sur le divan puis elle poussa une table basse près d'elle. Jalotant apporta une haute pile d'épaisses crêpes chaudes et divers autres aliments.

— Crème fraîche, poisson fumé et autres ingrédients pour poser sur les crêpes, expliqua Jalotant.

— Humm ! fit Masga.

Jalotant s'accroupit en tailleur devant la table basse. Il jeta quelques coups d'œil timides à Masga, paraissant vouloir dire quelque chose, mais n'y parvenant pas. Masga remarqua qu'il portait quelques hématomes sur ses formidables épaules et sur ses bras herculéens. Elle se demandait où il avait bien pu déposer le cadavre, mais elle s'abstint de fouiller dans son esprit pour le savoir. Elle avait eu son plein d'émotions ces derniers temps !

***

21 h 27.

À nouveau seule, allongée dans l'obscurité, Masga repensait à tout ce qui venait de se passer dans sa vie, en quelques dizaines d'heures seulement. Si la nuit dernière, cette épouvantable nuit blanche ! lui avait donné du temps pour se faire à l'idée que Bého était un mut, elle n'avait pas eu une seconde pour méditer sur le fait que c'était également son cas. Les questions sans réponses qui avaient envahi son esprit durant sa conversation avec Modalls revinrent s'y entasser. Celle qui prédominait était : que pouvait-elle apprendre de plus au sujet des muts, et donc au sujet d'elle-même ?

En se tournant pour s'allonger plus confortablement sur le côté gauche, elle grimaça dans le noir ; son corps courbaturé et contusionné protestait au moindre mouvement. L'idée que des muts avaient tué ses parents et son frère lui faisait plus mal encore à présent qu'elle savait en être une. Il faudra que j'enquête au sujet de ce triple meurtre, se promit-elle.

Les exhalations psychiques de Gabie et de Jalotant lui parvenaient un peu à travers le plafond. Ils dormaient tous les deux à l'étage. Durant le repas, Masga avait « senti » leur esprit en détail et en profondeur ; ses capacités télépathiques semblaient s'être encore affinées. Elle avait découvert beaucoup de choses sur ce qui avait été la vie de la vieille dame. Gabie avait été livrée à elle-même dès l'âge de dix ans. Elle avait erré dans les rues, vivant de mendicité, de rapines. À différentes périodes plus ou moins longues de sa vie, elle s'était prostituée. Durant douze ans, elle avait exercé la profession de maquilleuse dans un théâtre. Un jour, elle avait rencontré l'amour dans ce théâtre. L'homme était venu voir une pièce dans laquelle

elle avait eu un petit rôle de remplacement. De cet amour était née une fille, nommée Joline. Alors que l'enfant avait seize ans, son père avait trouvé la mort dans une sombre histoire de règlement de compte. Sous la douleur, Gabie avait pratiquement perdu la raison et Joline s'était retrouvée, comme sa mère dans son enfance, livrée à elle-même. Et comme sa mère également, elle s'était un temps prostituée. Jalotant était un enfant né d'un de ces hommes de passage. Au début, ce dernier avait été un client comme les autres, mais Joline en était très vite tombée amoureuse. Aussi était-il devenu son amant. Elle avait aimé et entretenu cet homme plus de vingt ans, ne recevant en retour que des coups et de grossières insultes. Jalotant avait un jour décidé de débarrasser sa mère de ce fardeau. Après avoir souffert des années d'un conflit cornélien, car il n'avait d'autre moyen que d'avoir recours à la violence, il avait fini par se résoudre à chasser son père de leur misérable foyer. Foyer qui avait retrouvé sa sérénité en l'absence de cet homme rustique. C'est deux mois plus tard que le grand malheur était survenu : profitant de l'absence de son fils, le père congédié s'était vengé en tuant la mère de Jalotant. Le géant avait encore dans son cœur des stigmates de culpabilité.

Masga avait été submergée par deux sentiments dominants durant cette « lecture » de leur esprit. D'une part, elle se sentait confuse et même honteuse de pénétrer ainsi dans leur intimité sans y être invitée ; d'autre part, elle avait ressenti une immense compassion et de la sympathie pour ces deux êtres qui l'avaient aidée avec autant de gentillesse. En ce moment même, Masga les sentait penser à elle, se demandant quelle était son histoire, se posant des questions à son sujet. Ils parlaient à voix basse ; elle le savait, car elle percevait nettement la différence entre des pensées non exprimées et des paroles hors d'atteinte de son ouïe. Jalotant était un peu amoureux d'elle. Il n'avait encore rien dit à ce sujet, mais Masga sentait très clairement le parfum psychique très capiteux de ce sentiment dans l'esprit du colosse. Elle en était affreusement gênée. Comment pouvait-elle décourager les ardeurs de son cœur sans le blesser ?

Elle tenta de se reconcentrer sur ses réflexions, de se remémorer tout ce que lui avait dit Modalls et d'en faire la synthèse. Le plus important était bien sûr que Bého avait besoin d'aide. C'était si dur de s'avouer qu'elle avait été, et qu'elle était toujours, heureuse de savoir qu'il avait eu de gros ennuis justifiant sa disparition ! Cela lui faisait beaucoup de souci, elle tremblait pour lui, mais il ne l'avait pas abandonnée. Il aurait même confié qu'il était amoureux d'elle ; aussi prit-elle un grand plaisir à concentrer ses souvenirs sur cette partie-là des paroles de Modalls. Pas trop longtemps cependant, car il ne lui échappait pas que l'essentiel était de secourir Bého. Malheureusement, Modalls n'avait pas pu s'exprimer jusqu'au bout. Ses agresseurs ne lui avaient pas laissé le temps de donner une seule information au sujet de la situation de Bého ; ils l'avaient brutalement interrompu au moment même où il s'apprêtait justement à aborder ce sujet. Masga explora plus minutieusement ses souvenirs, à la recherche du moindre des derniers mots qui auraient pu s'égarer dans un recoin de sa mémoire. Ce n'était pas facile, car le moment avait été particulièrement chargé en émotion ; convenons que l'on n'apprend pas tous les jours qu'on est une mute ! Il ressortit malgré tout de cette remémoration que le dernier propos de Modalls avait été une recommandation, celle de ne pas parler de son pouvoir télépathique. À personne ! Et... et... il avait dit quelque chose dans le genre : « Gardez pour vous ce que je vais vous dire à présent : Mika Sakar... ». Masga se souvint qu'il avait été interrompu juste à ce moment-là. Il avait prononcé Mika Sakar, c'était certain. Masga réfléchit. Qu'avait-il essayé de lui dire ? Quelle aurait été la suite de ses paroles ? « Mika Sakar a capturé Bého ! » ou « Mika Sakar sait où est Bého ! » ? Comment savoir ? Une grimace passa sur son visage quand elle bougea légèrement à la recherche d'une autre position.

Toujours est-il, conclut-elle, que Mika Sakar est impliqué dans la disparition de Bého. La première chose que je dois faire, avant d'enquêter sur la mort de mes parents et de mon frère, est donc d'aller voir Mika Sakar.

Elle n'avait aucune idée de la manière dont elle allait s'y prendre. Le Premier ministre était un ennemi déclaré à présent. Il devait très probablement savoir que Masga était une mute. C'était probablement un de ses hommes que Jalotant avait tué. Les autres avaient capturé Modalls... Puisqu'elle ne connaissait aucun autre mut pour lui venir en aide, elle était seule contre tous. S'attaquer toute seule à une armée n'était rien d'autre qu'un suicide ! En revanche, il n'était pas complètement insensé de s'en prendre uniquement à son chef. Ce ne serait certes pas facile, mais c'était tout de même envisageable.

Il lui apparut clairement que le seul moyen raisonnable d'espérer secourir Bého était de s'attaquer directement à Mika Sakar. Restait à savoir comment s'y prendre !

Une question primordiale lui vient à l'esprit et elle se demanda comment elle avait pu l'ignorer si longtemps : que signifiait cette histoire de détecteur de mut ? Quel était le but de Bého à ce sujet ? Elle se souvint des paroles amères de Mox Purol : « Il a fonctionné sur un mut complice. La belle affaire ! ». Si l'appareil n'était pas un détecteur de mut, ce dont elle ne doutait plus, que pouvait-il être ? Était-il seulement un leurre ? Dans quel but ? À quoi avait servi toute cette mise en scène ?

Une autre chose était aussi sans explications : puisqu'elle était une mute, pourquoi avait-elle eu la croissance normale d'une humaine ? Pourquoi n'avait-elle pas grandi plus rapidement, comme les muts ?

Elle finit par s'endormir avec toutes ces questions en tête.

***

9 h 00.
Masga s'éveilla plus courbaturée que jamais, mais en pleine forme intellectuelle. La porte de sa chambre était fermée. Elle sentait pourtant les émanations psychiques de Gabie et de Jalotant qui chuchotaient dans la cuisine :

— Elle est fatiguée et traumatisée, disait Gabie. Ne te jette pas sur elle trop vite !

— Mém ! s'indigna Jalotant.

— Ça va, ça va ! Je peux plaisanter un peu ! Elle te plaît, non ?

— Mém ! répéta le géant sur le même ton agacé.

Masga sentit son propre embarras ainsi que celui de Jalotant remonter d'un cran. Elle ferma son esprit à leurs pensées pour s'isoler un moment. Elle s'était découvert cette capacité, de stopper complètement sa réception, hier dans la nuit, quand elle avait voulu se concentrer sur ses réflexions. Il lui était même possible d'isoler ce qu'elle souhaitait écouter, en dirigeant son sens vers un seul esprit. Chose que l'ouïe est incapable de faire. Ses facultés télépathiques s'affinaient d'heure en heure. Comme un enfant qui apprend à comprendre les paroles prononcées autour de lui, elle percevait les pensées avec de plus en plus de précision. Elle se demanda combien de temps cette capacité allait se développer. Quelles seraient ses performances à la fin de ce développement ? Était-ce là l'essentiel des pouvoirs particuliers d'un mut ou quelque chose de nouveau allait-il apparaître en elle ? C'était frustrant de ne pas pouvoir en parler avec un autre mut ! Pourquoi Bého avait-il évité le sujet, puisqu'il savait qu'elle était mute ?

Elle décida de se lever et d'aller rejoindre ses hôtes. Pourrait-elle jamais les remercier pour leur extrême gentillesse ? Ce ne fut pas facile de se mettre sur pieds ! Dès les premiers mouvements, de multiples douleurs se firent sentir. Se préparant à pire, elle posa les deux pieds et se leva d'un seul coup. Ouh ! Impossible de déterminer ce qui faisait le plus mal : les courbatures, les contusions ou les blessures.

Avant de franchir la porte, elle ouvrit son esprit à la réception du leur. Comme elle s'y attendait, ils étaient encore en train de parler d'elle à voix basse.

— Elle a été impressionnée par ta discussion avec son chasseur.

Masga posa sa main sur la poignée de la porte et toussa pour signaler sa présence avant d'ouvrir.

— Bonjour ! lança-t-elle en entrant dans la cuisine.

— Bonjour, Masga ! répondirent-ils, d'une seule voix.

Jalotant se leva brusquement de sa chaise pour l'offrir à Masga. Il la lui tendit, en pinçant le dossier entre le pouce et l'index. Elle avait remarqué qu'il y était assis d'une manière pour le moins cocasse, en exagérant à peine, un peu comme un homme de taille normale qui s'efforcerait de s'asseoir sur une tasse. À se demander comment le meuble avait pu supporter son poids qui devait très largement dépasser les deux cents kilos !

— Reste assis, Jalotant, je t'en prie, dit Masga.

Jalotant disparut dans une autre pièce et revint avec un siège à son échelle, un tabouret visiblement robuste. Il reprit place près de la table et sourit à Masga avec une timidité désarmante. Elle sentit son trouble dans son esprit. Il était pétrifié de confusion, son cœur battait très fort et sa gorge était nouée. Gabie lui lançait de discrets regards entendus.

— Alors, Masga ! dit-elle. Que voulez-vous pour votre déjeuner ? Café ? Thé ?... En fait, je n'ai rien d'autre pour la boisson. Et pour manger, nous n'avons que du pain et du beurre. Les temps sont durs, en ce moment !

Masga lut en eux que le moment en question durait depuis longtemps, des années. Elle se sentit affreusement gênée de consommer leurs ressources :

— Je prendrai un peu de café et une tranche de pain, Gabie, merci. Ça ira très bien !

Gabie versa du café dans un bol. Sur sa chaise renforcée, Jalotant se tassait sur lui-même et tordait machinalement son énorme index gauche entre l'énorme pouce et l'énorme index de son énorme main droite. Jalotant était ce que l'on appelait un superlutteur. Dans son adolescence, la Fédération de Superlutte lui avait fait signer un contrat au terme duquel elle s'engageait à lui verser un salaire et à prendre à sa charge tout ce qui concernait sa santé et sa formation de superlutteur. En échange, à la suite de cette formation, Jalotant devait combattre pour la Fédération de Superlutte. Cette dernière se réservant le droit de louer, ou de vendre, ses superlutteurs à n'importe quelle équipe de superlutte. À l'âge de quinze ans, dès que le contrat fut signé par les deux parties, la Fédération de Superlutte s'était occupée de Jalotant. Il avait commencé à toucher sa paye. On l'avait gavé d'hormones de croissance ainsi que d'anabolisants et différentes autres substances pour faire pousser sa masse musculaire. On lui avait délégué un entraîneur qui lui avait enseigné les techniques de combat. On l'avait fait combattre contre d'autres superlutteurs en formation qui étaient au même stade que lui. On l'avait poussé à l'ultime limite de ce que son corps hypertrophié, gavé de créatine, était capable de supporter. Quand on l'avait jugé formé, à dix-huit ans, on lui avait fait disputer son premier combat dans les arènes de Snémour, sa ville natale. Son équipe avait été victorieuse. On lui avait donné la prime de la victoire. Cela représentait beaucoup d'argent pour lui. Épuisé, couvert d'hématomes violacés et de blessures, il s'était précipité chez sa mère pour lui offrir des fleurs et du parfum. Masga fut très émue de sentir ce souvenir touchant encore très présent en lui. Elle lui sourit et, uniquement pour le plaisir de communiquer, car elle n'avait pas besoin qu'on lui dise quoi que ce soit pour le savoir, elle demanda :

— Alors Jalotant, quel sera ton prochain combat ?

Le superlutteur se racla plusieurs fois la gorge et toussota avant de répondre :

— J'ai un entraînement dans deux jours, mais mon prochain réel combat sera dans deux semaines. Nous allons affronter l'équipe de Tettule.

— Houla ! L'équipe championne des mondes il y a deux ans, je crois ! Ce doit être une équipe redoutable !

Masga ne connaissait absolument rien à la superlutte, elle venait simplement de flairer cette information dans son esprit.

— Oui, hélas ! gémit Gabie. J'avoue que je me fais beaucoup de souci.

Les combats de superlutte étaient connus de tous pour être extrêmement violents. Vingt-quatre superlutteurs, douze dans chaque équipe, s'affrontaient pour s'emparer d'un cube de fonte de deux cent cinquante kilos qui était au début de la partie placé au centre du terrain de combat. Aux deux extrémités de cette aire rectangulaire, d'une largeur de cinq cents mètres et d'une longueur d'un kilomètre, se trouvait un trou carré représentant la victoire de chaque équipe. Toutes les méthodes, toutes les stratégies, tous les coups étaient permis pour placer le cube dans son trou. Au début du jeu, qui pouvait durer dix minutes ou dix heures, le choc des géants au centre du terrain était effrayant et tout le long de la compétition les affrontements d'une extrême brutalité laissaient nombre d'athlètes sur le carreau. Rares en effet étaient les parties qui ne comptaient aucun mort. Aussi, Gabie était-elle très soucieuse à chaque combat.

Réalisant à quel point tout ce qu'il y avait dans ce foyer avait été durement gagné, Masga se sentit infiniment redevable. C'est à peine si elle osa finir sa tartine de pain.

— Je vous rembourserai tous les frais que je vous occasionne le plus tôt possible, dit-elle. Vraiment, je ne saurais jamais vous remercier autant pour toute votre gentillesse.

— Ça va, p'tite chose ! Remets-toi d'abord, puis on verra ensuite.

Masga sentit dans l'esprit de Jalotant qu'il voulait ajouter : « Ne te fais pas de souci pour ça, Masga, je suis si heureux de t'avoir avec nous ! ». Il ne prononça même pas le premier de ces mots, mais rougit autant que s'ils lui avaient tous échappé.

— Pour en revenir aux combats, ajouta Gabie, je préfère quand Jalotant donne des spectacles privés. C'est moins dangereux.

Alors que Masga commençait à se demander comment quitter poliment la table afin d'aller s'isoler dans sa chambre pour réfléchir à ce qu'il convenait de faire et de mettre en œuvre pour retrouver Bého, elle « entraperçut » quelque chose dans l'esprit de Jalotant qui retint son attention. Il avait fugitivement pensé à Mika Sakar. Pourquoi ? Elle huma son esprit avec une attention soutenue et finit par découvrir que Mika Sakar avait un jour serré la main de Jalotant lors d'une soirée mondaine. Le superlutteur faisait partie d'un spectacle privé. C'est ce que sa grand-mère venait de dire qui avait fait remonter ce souvenir à la surface.

— Ah oui, des spectacles privés ! fit la jeune femme. C'est-à-dire ?

Masga domina son impatience pour ne pas révéler qu'elle savait déjà ce que Gabie allait répondre :

— Oui, la Fédé loue parfois des superlutteurs pour distraire les riches, dans les soirées mondaines, pour leur offrir un spectacle. Ils ne savent plus que faire de leur vie, il faut les amuser comme on amuse des enfants ! Alors, on leur met deux superlutteurs devant les yeux qui se combattent pour leur faire plaisir. Heureusement, ces combats sont beaucoup moins violents que les affrontements dans les arènes !

— Ah ! C'est mieux dans ce cas, en effet ! dit Masga, en fouillant sans retenue dans leur esprit à la recherche d'éléments ayant un rapport avec Mika Sakar. Et alors, Jalotant ? Pour qui as-tu déjà combattu en privé ?

— La dernière fois, c'était pour Mika Sakar, répondit-il.

— Ah bon ! Mika Sakar, tiens donc ! Alors, comment ça s'est passé ?

Masga avait remarqué qu'il lui était beaucoup plus facile de capter les pensées actives que les souvenirs. Aussi, faisait-elle tout pour inviter le colosse à repenser à ce moment. Elle constata très vite que Gabie et Jalotant étaient inhibés. Ils avaient des difficultés à poursuivre sur ce sujet pour une raison bien simple : Mika Sakar représentait la lutte antimuts la plus radicale. Jalotant s'en voulait d'avoir par inattention prononcé son nom. Tous deux essayaient à présent de trouver un autre sujet de conversation.

— Vous voudrez bien faire quelques courses avec moi, Masga ? demanda Gabie. Si vous vous sentez capable de marcher, seulement !

— Bien sûr, Gabie. Ça me ferait très plaisir.

Masga se demanda comment faire pour inciter Jalotant à évoquer encore les souvenirs de sa soirée chez Mika Sakar. Elle essaya de les sentir dans sa mémoire, tout en espérant les faire remonter dans sa pensée active pour plus de clarté. Mais était-il vraiment nécessaire d'agir de manière détournée ? Elle réalisa qu'elle ne prenait aucun risque à être franche avec eux. De toute évidence, ils étaient tous les deux chargés de bonnes intentions et ils ne feraient rien pour lui nuire. Pourquoi prendre tous ces détours ? Elle se décida :

— Jalotant, Gabie, écoutez-moi, s'il vous plaît ! Je comprends que vous ayez quelques réticences à me parler de Mika Sakar parce que je suis une mute. Mais, j'ai besoin que vous m'en parliez. N'ayez pas peur de me déplaire. Vous me rendriez un grand service en me donnant toutes les informations que vous pouvez me donner à son sujet, si Jalotant est déjà allé chez lui. Je vous en serai très reconnaissante ! Ce n'est pas nécessaire pour que je le sois déjà, mais...

Ils se regardèrent brièvement, un peu surpris. Elle capta les questions se formant dans leur esprit : « Était-elle une combattante mute ? Avait-elle l'intention de nuire à Mika Sakar ? Préparait-elle un attentat ? ».

Sur le coup, Masga eut peur d'avoir commis une grave erreur de jugement en se confiant à eux. Mais elle se rendit vite compte qu'ils se posaient simplement ces questions, sans ressentir pour autant quelque chose de négatif envers elle. Ce n'était que pure curiosité. Elle discerna même, en humant leur esprit avec plus d'application, qu'ils étaient un peu amusés par la perspective qu'elle fût une résistante mute. N'attendant que la confirmation de cette hypothèse, Jalotant était sur le point de savourer le sentiment d'être fier d'elle. Tous les deux éprouvaient malgré tout une inquiétude certaine, surtout Gabie : si la supposition s'avérait, y aurait-il un danger ? Risqueraient-ils d'être mêlés à tout ça ? Malgré cette crainte, ils étaient toujours bien disposés à son égard. Masga discerna, dans quelque recoin de l'esprit de Gabie, qu'elle avait été très militante dans sa jeunesse ; une petite atmosphère subversive n'était pas pour lui déplaire. Masga réfléchit, pour éviter de dire quelque chose de regrettable. Le mieux à faire semblait de poursuivre sur la voie de la sincérité. Elle pourrait leur avouer qu'elle recherchait l'homme de sa vie, probablement détenu par Mika Sakar. Mais, il y avait Jalotant. Comment réagirait-il, si elle parlait de Bého ? Tenant compte de leur disposition d'esprit et de ce qu'ils avaient déjà fait pour elle, elle décida qu'elle leur devait toute sa sincérité et que mieux valait couper court aux rêveries amoureuses de Jalotant avant qu'il n'investisse dans trop d'espoir.

— Je n'ai pas le projet de commettre un attentat ou quelque chose du genre, dit-elle. Je voudrais seulement trouver un moyen de rencontrer Mika Sakar en tête-à-tête. Parce que je voudrais... Parce que...

Elle regarda Jalotant en hésitant, puis lâcha d'un seul coup :

— Parce que je pense qu'il est mêlé à la disparition de l'homme que j'aime... Alors, j'ai quelques questions à lui poser.

Masga sentit que quelque chose s'effondrait dans le cœur du goliath. Une onde de tristesse captée par ses récepteurs psychiques l'envahit toute entière jusqu'au fond de son propre esprit. Elle souffrit à l'unisson de cet homme qui se pensait physiquement trop surhumain pour espérer quelque chose de l'amour, si ce n'était vivre ce genre de petits espoirs systématiquement déçus. Gabie regarda son petit-fils en coin. Celui-ci ne laissait rien paraître sur son visage, mais la vieille dame semblait lire en lui aussi bien que Masga.

— Ne me regardez pas comme ça, va, toutes les deux ! dit soudain, et contre toute attente, le géant. Je mesure deux mètres soixante-cinq et je pèse presque trois cents kilos. Quelle femme voudrait d'un monstre comme moi ? Ne vous faites pas de souci pour moi... Parlons d'autre chose.

Masga et Gabie échangèrent un regard discret. Celui de Masga était un peu triste, celui de Gabie triste aussi, mais résigné en même temps. Elle avait eu le temps de se faire à cette idée.

— Je suis allé combattre chez lui, reprit Jalotant. Je veux bien répondre à toutes tes questions Masga, si ça peut t'aider.

— C'est très gentil, Jalotant ! Raconte-moi simplement comment ça s'est passé, pour commencer. On verra bien ensuite si j'ai des questions à te poser.

***

10 h 30.
Bien que Mika Sakar eut fondé le Parti Muticide, il ne devait pas moins défendre son poste à la tête de cette organisation ; nombre d'ambitieux parmi les membres du conseil n'attendant que l'occasion de lui succéder. Ce conseil était composé de douze personnes, sept femmes et cinq hommes ; toutes ces personnes étaient fortunées et politiquement influentes. Il pouvait se réunir à n'importe quel moment sur la demande d'au moins quatre de ses membres.

Ce matin-là, justement, Mika Sakar devait présider une de ces réunions, huit membres en ayant fait la demande pressante. En tant que président du conseil, il possédait, entre autres, la prérogative de choisir le lieu de la réunion. Comme à l'accoutumée, il avait décidé qu'elle se passerait chez lui, dans sa propriété de campagne. Ils étaient tous là, confortablement installés sur de moelleux fauteuils, sous une pergola de grande taille qui ombrageait une terrasse située au-dessus de la vaste résidence. Il faisait beau. Un petit souffle d'air faisait osciller les frondaisons des grands arbres qui couvraient la majeure partie du terrain et apportait une confortable fraîcheur chargée de la senteur délicate des nombreuses fleurs qui ornaient la terrasse. Mika Sakar venait de s'asseoir derrière une petite table qui lui servait surtout à appuyer ses coudes et à ressembler à quelqu'un qui préside. Les membres formaient un tiers de cercle devant lui. Il les observa un à un, attendant que le silence s'installât parmi eux.

Au centre, il y avait Solis Mator, avec ses feuilles de papier reliées sur les genoux et un crayon dans la main. Un original qui poussait l'archaïsme jusqu'à écrire à la main sur... comment appelait-il ça déjà ? Un carnet ! Solis Mator était le président fondateur de la Fédération des Passéistes. Il avait hérité d'une fortune colossale. Son pouvoir était grand. En entretien privé, Mika Sakar lui avait fait part de sa propre nostalgie pour la vie d'autrefois ; car une voix est une voix !

Trois places plus à gauche, se trouvait Jolina Mikombo. C'était une femme très ambitieuse qui se trouvait au Parti Muticide, comme elle eût pu être dans la Fédération des Passéistes si ce mouvement avait eu plus de succès, par pur opportunisme. Elle ne détestait pas les muts plus que ça ! Ils lui étaient tout simplement indifférents. Ce qui comptait c'était que le Parti Muticide avait le vent en poupe et que son président était Premier ministre.

— Je pense, Mesdames, Messieurs, commença Mika Sakar, que la réunion que vous avez demandée est motivée par le désir de parler de Bého Thaiz. N'est-ce pas ?

— C'est en tout cas mon souhait, oui ! répondit Hamator Balinkol. J'aimerais bien savoir ce qu'est devenu ce mut que vous avez laissé courir dans la nature ! Où est-il à l'heure actuelle ? Dieu seul le sait !

— Si Dieu a une information à ce sujet, il ne m'en a rien dit, répondit Mika Sakar, car moi, j'avoue que je n'en ai aucune idée ! Comme vous étiez déjà tous au courant de mon ignorance, je suppose que vous n'avez pas demandé cette réunion du conseil seulement pour m'entendre dire que je ne sais pas où est Bého Thaiz, si tel est son véritable nom. Celui ou ceux qui ont décidé les autres à nous réunir ont un autre dessein, n'est-ce pas !?

Les quelques regards embarrassés qui furent échangés entre certains n'échappèrent pas au Premier ministre qui sourit *in petto*. Lizi Marnot, sa fidèle assistante qui buvait tranquillement un soda, assise tout au bord de la terrasse, derrière les douze membres du conseil, lui décocha un rapide regard entendu.

— Convenons qu'il est temps de vous demander des comptes ! lança Jolina Mikombo. Je pense, et j'espère ne pas être la seule, que cette histoire de mut qui vous trompe et qui vous file sous le nez est loin d'être sans gravité ! C'est toute la réputation du Parti Muticide qui est en jeu !

Mika Sakar donna un rapide coup d'œil sous ses avant-bras pour voir s'il ne s'était pas sali les manches sur la table et répondit :

— Je comprends votre inquiétude à ce sujet et je la partage. J'ai fait une erreur d'appréciation.

— Une erreur que nous allons payer très cher !

— Je suis d'accord avec Jolina, fit Hamator Balinkol. Nous ne pouvons pas laisser passer une telle erreur sans réagir. Nous sommes en guerre contre le muts, comme vous vous plaisez à le dire. Je partage cette manière de voir les choses comme nous tous ici, mais nous avons besoin d'un vrai chef de guerre dans ce cas !

Il se retourna vers les autres en quête d'approbation. Trois personnes répondirent à cet appel muet en manifestant à leur tour leur mécontentement, avec moins de véhémence, mais sans ambiguïté. Deux autres suivirent le mouvement plus pusillanimement, se contentant d'un haussement des sourcils. Solis Mator, qui semblait absorbé par son carnet, ne parut même pas remarquer ce qui se disait autour de lui. Tous les autres membres ne réagirent ni dans un sens ni dans l'autre.

Jolina Mikombo reprit la parole :

— Qu'avez-vous décidé en ce qui concerne notre position vis-à-vis du public au sujet des ventes de détecteurs de muts ? Nous savons tous que ces appareils ne détectent rien puisque nous devons leur soi-disant invention à un mut qui s'est moqué de vous. Ils continuent pourtant à se vendre. Comptez-vous en informer le public au nom du Parti Muticide, oui ou non ?

— Non. Je ne compte rien faire à ce sujet. Rien !

— Ne craignez-vous pas que tous les gens qui auront acheté ces détecteurs factices s'aperçoivent un jour qu'ils se sont fait berner et que cela se retourne contre notre parti ?

— Je pense qu'ils mettront beaucoup de temps à s'en apercevoir, qu'ils ne s'en apercevront pas tous en même temps et que beaucoup ne s'en apercevront jamais. Ces derniers penseront simplement qu'aucun mut n'est venu chez eux. En revanche, si je fais une déclaration publique pour en informer tout le monde, le scandale fera en effet beaucoup de mal au Parti Muticide. Voici le raisonnement qui m'a convaincu qu'il valait mieux ne rien dire.

— Je ne suis pas certaine que votre décision soit la bonne ! Je tiens à dire devant tous que je n'aurais pas agi de la sorte à votre place.

— Jolina a raison, dit Hamator Balinkol. Je pense que nous devrions informer le public pour faire montre d'honnêteté. Vous commettez une erreur, qui s'ajoute à celle déjà commise en laissant filer ce mut qui s'est bien moqué de nous.

— Bien, fit Mika Sakar, finissons-en ! Qui se propose de me remplacer ? Vous, Hamator Balinkol, ou vous, Jolina Mikombo ? À moins que vous soyez tous les deux en compétition ?

— Je n'ai pas l'intention de me présenter contre vous, assura Hamator Balinkol. En tout cas pas aujourd'hui.

Jolina Mikombo se leva, avança de quelques pas et se retourna vers l'assistance pour déclarer :

— Moi ! Je propose aujourd'hui ma candidature pour remplacer Mika Sakar à la tête du Parti Muticide.

Mika Sakar épousseta le revers gauche du col de sa veste blanche de quelques revers de main paresseux, puis relevant la tête, il dit :

— Tout le monde a entendu, n'est-ce pas ? Procédons immédiatement au vote, car pour ma part, je n'ai rien à ajouter. Mesdames, Messieurs ! Que ceux qui parmi vous veulent voir Jolina Mikombo prendre ma place à la tête du parti lèvent la main !

Le président en place et les candidats n'ayant pas le droit de voter, il y avait onze votants. Quatre mains se levèrent.

— Mesdames, Messieurs ! Nous pouvons constater que Jolina Mikombo ne remporte que quatre voix. J'en ai donc sept de mon côté ; par conséquent, je reste président du Parti Muticide !

Il regarda l'assemblée quelques secondes, puis demanda :

— Quelqu'un veut-il aborder un autre sujet ?

Personne ne manifesta cette intention. Au fond, derrière les douze membres du conseil, Lizi Marnot lui sourit discrètement.

— Bien, dans ce cas, je déclare cette réunion du conseil close !

Mika Sakar soupira intérieurement ; il avait hâte que tout le monde disparaisse.

Tout à droite, Kill Maha, qui n'avait pas prononcé un seul mot durant toute la réunion, se leva et après lui avoir accordé un bref sourire entendu, se retira le premier. Malia Z'Go, qui avait été aussi silencieuse, s'approcha de lui pour lui souffler discrètement :

— Mika... où en est le montage de notre équipe de superlutteurs ?

— Je fais mon possible pour convaincre les autres de lâcher un peu plus de budget pour l'acquisition des derniers joueurs. Je n'ai pas abordé le sujet à l'instant parce que je préfère leur en parler hors du contexte des réunions. Tu comprends ? C'est plus facile de les sensibiliser à l'importance de notre équipe en leur parlant en aparté. En tout cas, crois-moi, c'est toi qui en auras l'entière responsabilité. Il n'y a personne de plus qualifié que toi pour cette tâche très importante ! Tu connais mon goût pour la superlutte ?! Je ne vois personne d'autre que toi.

— Merci, dit simplement Malia Z'Go en souriant d'un air complice.

Mika Sakar lui rendit la même expression avant de la regarder s'éloigner.

Quand tout le monde fut parti, Mika Sakar resta un moment sur sa terrasse. Appuyé sur la rambarde, il laissa son regard errer sur les grosses branches et le feuillage d'un grand chêne. Le jour déclinait lentement. Il n'avait pas l'esprit à triompher de sa petite victoire ; c'était si facile de caresser dans le sens du poil les ambitions, les désirs, les convoitises ! Trois des membres étaient des industriels qui gagnaient beaucoup d'argent en produisant des détecteurs. Pour rien au monde, ils n'auraient voté pour quelqu'un qui aurait tout fait pour arrêter leur vente. Et puis, il y avait Solis Mator et Kill Maha ! Au premier, Mika Sakar avait promis de promouvoir la Fédération des Passéistes, si par bonheur il était un jour à la tête de l'état des mondes. En secret, il s'était entendu avec le deuxième pour le choisir comme Premier ministre, dès qu'il serait promu à la plus haute fonction. Sur un maximum de onze votants, Mika Sakar pouvait déjà compter sur cinq voix qui lui étaient acquises par intérêt. Avec tout ça, il ne lui manquait qu'une seule voix pour rester président du conseil. Avec Malia Z'Go qui comptait tellement sur lui pour être désignée responsable de l'équipe privée du parti, cette dernière voix était pratiquement offerte ; elle appréciait tant de pouvoir recevoir ces athlètes chez lui, en toute discrétion. Malia avait un penchant secret si prononcé pour les superlutteurs !

Mais, Mika Sakar ne pensait déjà plus à ça. Il se demandait où était Masga Kie. Le docteur Al Bitto lui avait appris comment les parents de la jeune femme avaient dissimulé à tout le monde qu'elle était une mute. Le Premier ministre soupira. Tous les moyens qui lui étaient accessibles avaient été mis en œuvre pour la retrouver. Son service de renseignement était puissant et compétent. Ce n'était plus qu'une question de temps. Il n'avait plus qu'à attendre, mais il était impatient : où était Masga Kie ?

***

10 h 50.
Masga Kie était attablée dans la cuisine avec Jalotant et Gabie. Elle écoutait le superlutteur, mais elle apprenait autant de choses en puisant directement dans son esprit qu'en l'écoutant parler. Le géant lui avait raconté ce qui s'était passé le soir où il avait été reçu avec quatre autres superlut-

teurs et deux cadres de la Fédération de Super-lutte dans la résidence personnelle du Premier mi-nistre. L'employeur de Jalotant avait présenté ses cinq meilleurs éléments à Mika Sakar lui-même et à une certaine Malia Z'Go. Le Parti Muticide vou-lait sa propre équipe de superlutteurs et cette Ma-lia Z'Go avait la charge de la constituer.

— La Fédération de Superlutte vend souvent ses superlutteurs ? s'étonna Masga, qui n'avait pas une grande connaissance des pratiques de ce sport.

— Oui, souvent, bien sûr ! C'est sa principale source de revenus.

— Ah ! Et c'est cher un superlutteur comme toi ?

— Je ne sais pas, avoua Jalotant en souriant. La Fédé ne nous tient pas au courant de ça.

— J'imagine que ses commerciaux doivent es-sayer de vous vendre le plus cher possible, évi-demment !

— Je ne sais pas. Peut-être.

— Bien entendu ! intervint Gabie. Que tu es naïf, ma p'tite chose !

Masga sourit à l'idée que Jalotant pût être considéré comme une « p'tite chose ». Elle de-manda :

— Penses-tu que cette Malia Z'Go te prendra bientôt dans son équipe ?

— Je ne sais pas si elle me choisira.

— Quand doit-elle faire ce choix ?

— On ne me l'a pas dit. Il lui manque deux su-perlutteurs. J'ai entendu dire que nous allons la revoir et que nous serons huit cette fois.

— Ah ! on va lui en présenter huit pour qu'elle en choisisse deux. Hum... Deux chances sur huit... Une sur quatre. J'espère de tout mon cœur qu'elle te sélectionnera.

— Merci beaucoup Masga, mais, je n'y tiens pas du tout !

— Comment ? Mais... !

— La dernière fois, il a fait ce qu'il a pu pour ne pas être choisi, dit Gabie.

— Ah bon ! Mais comment ?

— Oui, avoua Jalotant. Je n'ai fait aucun effort pour plaire.

— Mais... C'est-à-dire ? Comment s'opère la sélection ? Vous fait-elle combattre ?

— Non ! Nous n'avons pas besoin de combattre. Elle est au courant de tous nos résultats. Elle a suivi toutes les compétitions. C'est une grande passionnée.

— Alors, quel est son critère de choix ? Comment as-tu pu faire en sorte de ne pas être choisi ?

Sans répondre, Jalotant sourit d'un air gêné.

Soulevant sa tasse de café, Gabie fit un clin d'œil et s'exclama :

— Devine, p'tite chose !

Masga n'avait pas besoin de le deviner, ses récepteurs psychiques l'avaient capté depuis un moment déjà, mais elle était obligée de dissimuler son pouvoir en faisant comme si seules les paroles lui parvenaient. Elle les regarda plusieurs fois tour à tour avant d'afficher un sourire embarrassé :

— Vous voulez dire que...

— Oui, c'est ce que mon Jalotant de moi veut dire, en effet ! Il est si timide c'te p'tite chose, qu'il me fait dire !

— Mais... ce n'est tout de même pas son seul critère de choix.

— Ce n'est pas son seul critère, bien sûr. Mais si on veut être choisi, il faut aussi euh... passer dans son lit, disons.

— Ah ! Et... euh... Si je comprends bien, tu n'as pas voulu lui donner satisfaction à ce sujet !

— Non.

— Excuse-moi d'être si inquisitrice avec mes questions, mais est-ce la seule chose qui te manquait pour être sélectionné dans son équipe ?

— Bien sûr ! s'écria Gabie. Jalotant est le meilleur superlutteur des mondes !

Jalotant sourit tendrement en baissant les yeux vers sa grand-mère. Assis sur son tabouret, il était aussi grand qu'un homme debout. Avec une circonférence de biceps dépassant sans peine le tour de taille de Masga, ses bras, croisés sur la table, étaient considérables ! D'une main menue, Gabie tapota affectueusement le petit doigt gauche du géant.

— C'est que ça mange quelque chose, ce bestiau-là ! Il lui en faut des protéines pour nourrir des muscles comme ça !

Masga profita de ce moment de diversion pour humer avec application l'esprit du superlutteur. Il n'était pas plus embarrassé que ça par les questions qu'elle lui posait. Elle flaira même une petite trace de fierté, de satisfaction ; il était content de l'intérêt qu'elle lui accordait. Cela l'encouragea à poser la question la plus difficile à poser. Ce n'était cependant pas facile, mais que n'aurait-elle pas fait pour approcher Mika Sakar dans le but de retrouver son homme ! Elle décida d'y aller progressivement :

— Donc, vous devez la revoir à huit cette fois pour qu'elle choisisse deux superlutteurs. C'est elle qui a demandé à ce que tu refasses partie de ces huit ?

— Certainement... La Fédé ne se serait pas permis de lui ramener l'un d'entre nous si elle l'avait définitivement écarté.

— C'est bien ce que j'avais compris et c'est bien ce que j'espérais ! Cela veut donc dire que Malia Z'Go ne t'a pas définitivement écarté, conclut Masga, faisant son possible pour qu'il sente sa demande arriver.

Elle scrutait toujours l'esprit de Jalotant ; il ne semblait toujours pas embarrassé par la tournure que prenait la conversation, mais elle sentait une trace d'émotion monter en lui. De toute évidence, il avait deviné ce qu'elle voulait ; il n'y avait plus lieu d'hésiter une seconde :

— Jalotant, je suis très confuse de te demander ça, mais... Si tu pouvais par un moyen quelconque m'aider à approcher Mika Sakar, je t'en serais infiniment reconnaissante...

Gabie se leva pour se servir un autre café. Elle en proposa à Masga qui refusa d'un geste en souriant.

— La p'tite chose n'a pas droit au café, dit la vieille dame. Ils ont un régime strict, ces champions !

Jalotant regardait Masga sans répondre. La jeune mute percevait deux choses dans ses pensées : qu'il était d'accord pour l'aider, mais qu'il ne savait comment l'exprimer et qu'il était terrorisé à l'idée de faire plaisir à Malia Z'Go. Il ne savait pas s'il y parviendrait. Son doute était aussi imposant que lui. Il n'avait même qu'une très vague idée de ce qu'elle pourrait bien attendre. Le colosse n'avait jamais eu la moindre relation physique amoureuse, Cupidon ne lui ayant jamais offert autre chose que des élans de cœur pathétiques.

— Je veux bien essayer Masga, dit enfin le superlutteur, mais je ne sais pas si je pourrais...

La gentillesse et la sincérité de cette redoutable montagne de muscles touchèrent la jeune femme au fond du cœur. Elle posa une main de poupée sur une main de gorille et dit :

— Ne t'inquiète pas, Jalotant. Ne t'inquiète pas... Nous allons réfléchir et trouver une solution pour que tu ne sois pas obligé de faire quelque chose qui te déplaît.

Voyant que Masga venait de légèrement grimacer en étendant ses jambes sous la table, Gabie dit :

— Hé, p'tite chose ! Il faudrait peut-être que je te refasse le pansement ! Hein ? Faut te soigner, si tu veux être en forme pour te lancer dans les nouvelles aventures que tu projettes !

Sans attendre l'approbation de Masga, la grand-mère se leva brusquement pour prendre, dans le placard de la cuisine, la boîte métallique qui était sa pharmacie. Elle s'agenouilla, assez lestement pour son âge, et attendit avec une expression significative que la jeune mute tournât sa jambe blessée vers elle.

— Ne restez pas à genoux comme ça, Gabie ! s'exclama Masga.

— Tse, tse, tse ! Me prendrais-tu pour une vieille femme ?! Allez, donne-moi cette jambe malade, que je te la soigne !

Masga se résolut à obéir. Ce faisant, elle « entendit » une idée se former dans la tête de son hôtesse dévouée : « Elle pourrait aller à la sélection avec Jalotant en prétendant faire partie de la famille. Oui, mais qui donc ? Une cousine, éventuellement... ». La jeune femme n'avait pas reçu cette émanation psychique exactement sous la forme de ces mots. Il n'y avait même aucun mot dans cette réception, mais eût-il fallu l'exprimer en paroles, ces quelques phrases en eussent été une traduction acceptable.

— Vous savez quoi, mes p'tites choses ? dit Gabie, en déroulant délicatement le pansement.

— Non, Mém ! Quoi ?

— Quoi donc, Gabie ?

— Ben, je pense que Masga pourrait aller avec toi à la sélection de cette Malia Z'Go, en se faisant passer pour ta cousine ou un truc du genre. Tu vois ce que je veux dire ? Comme ça elle serait déjà dans la propriété du Premier ministre. Ensuite ben... Enfin, bon ! Ce que j'en dis, hein !

— C'est vrai ça ! s'exclama Jalotant, avec sa grosse voix grave.

— Tu as le droit d'amener du monde ? demanda Masga.

— Une seule personne de la famille, c'est permis dans les déplacements. Mém vient parfois avec moi quand je vais combattre ou quand je dois, comme cette fois, me présenter devant d'éventuels acheteurs.

— Ah ! Je vois ! Et on ne demande pas une preuve d'identité ?

— On ne l'a jamais demandée à Gabie.

Masga était fascinée par son pouvoir télépathique. Elle était comme un enfant qui apprend à marcher, comme un oiseau qui décolle pour les premières fois du sol. C'était très difficile d'aller humer les souvenirs enfouis tout au fond des esprits, mais les pensées actives venaient à elle bien avant d'être exprimées par les paroles, aussi avait-elle par moments l'impression de tout entendre deux fois. Dans son empressement à avancer dans la conversation, elle s'appliquait à éviter de réagir prématurément à une pensée non encore exprimée. En effet, il lui eût été difficile d'expliquer comment elle pouvait répondre pertinemment à quelqu'un en lui coupant la parole au bout de trois syllabes !

Le géant au cœur d'enfant était content parce qu'il pensait que Masga allait lui demander si elle pouvait l'accompagner. Elle ne le fit pas attendre, d'autant que c'était l'occasion rêvée qu'elle cherchait :

— Tu voudras bien m'amener avec toi, Jalotant, s'il te plaît ?

— Oui Masga, ça me ferait si plaisir ! s'écria-t-il, en faisant perceptiblement vibrer la table tant sa voix était puissante et grave.

Masga sourit :

— Il ne reste plus qu'à attendre le jour de cette fameuse sélection...

— Oui, mais, je combats après demain. Tu pourrais venir, si Mém veut bien !

— Bien sûr que j'veux bien, p'tite chose !

— Dans quelle compétition vas-tu combattre ? demanda Masga. Je ne t'ai même pas demandé dans quelle équipe tu es ! Tu sais, je ne m'y connais pas beaucoup en superlutte.

— Oh ! Je vais combattre dans un simple entraînement, après demain. C'est un match interne à la Fédération de Superlutte. Mon équipe, « L'Apocalypse », rencontrera « Le Chaos ».

— L'Apocalypse va défoncer Le Chaos ! s'écria Gabie en posant bruyamment sa tasse sur la table. Tu devrais y aller, Masga ! Tu verras comment ma p'tite chose se débrouille !

Masga sentit combien était grande l'impatience de Jalotant qui attendait sa réponse. Aller voir cette compétition, alors que Bého avait été enlevé par Mika Sakar ! Comment songer à se distraire dans cette circonstance ? Elle réalisa cependant que de toute façon elle ne pouvait approcher la date de la rencontre avec Malia Z'Go. Alors... En attendant, mieux valait-il apprendre quelque chose dans le milieu de la superlutte ! Ça lui permettrait sans doute d'éviter de soulever des soupçons quand elle accompagnerait Jalotant chez Mika Sakar.

— Je suis très impatiente de voir ça ! répondit-elle.

— Super ! s'exclama Jalotant, en assénant un petit coup de poing enthousiaste sur la table qui fit bouger la tasse de Gabie. Mém, il faut lui trouver un pantalon...

— Je m'en suis occupée, Masga. je suis allée te chercher un pantalon et une chemise. Oui, oui... Tu me rembourseras plus tard.

Gabie disparut un moment pour revenir avec les vêtements qu'elle posa sur la table.

— Je pense que la taille t'ira. J'ai l'œil. Bon ! J'espère que ça te plaira. J'ai pris des trucs à la mode, mais pas trop chers.

La jeune femme visualisa l'information qui remontait « à la surface » de l'esprit de la vieille dame. Elle les avait dérobés au marché. Le marché que Masga avait traversé en trombe durant sa fuite. Un immense sentiment de reconnaissance s'épandit dans son cœur. Elle se leva et, sans un mot, elle serra affectueusement Gabie dans ses bras.

— Oh... Éh... Faudrait pas me faire pleurer, maugréa la grand-mère, en murmurant. J'ai horreur de ça !

***

Avec les vingt-trois autres superlutteurs, Jalotant était au centre du terrain de mille mètres de long et de cinq cents mètres de large. Tout autour de cette aire de combat s'élevaient les gradins, sur une pente presque verticale. Au-dessus d'eux, des écrans géants montraient des scènes tridimensionnelles centrées sur l'action. Ceux qui n'utilisaient pas de céph pouvaient suivre les affrontements grâce à eux. Le dispositif de sécurité était aussi simple qu'efficace : chaque spectateur portait un bracelet au poignet qu'il ne pouvait pas enlever. Cet objet contenait un injecteur de narcotique que l'on pouvait déclencher à distance. Au moindre début d'agitation indésirable dans les gradins, les personnes qui en étaient le foyer s'endormaient subitement.

Autour du cube en fonte de deux cent cinquante kilos, placé avec précision au centre du terrain, chacune des deux équipes formait un demi-cercle. L'objet n'était pas très gros ; il ne mesurait que trente-trois centimètres d'arête, et deux cent cinquante kilos n'était pas non plus une masse impossible à soulever pour les superlutteurs, cela étant moins que leur propre poids. Jalotant entendait les sourdes pulsations de son cœur. Il était émotif. C'était comme ça avant chaque affrontement. Mais en plus, ce jour-là, il y avait Masga qui le regardait ! Elle était quelque part dans l'arrondi des gradins, devant lui, à gauche. La moitié de la longueur du stade les séparait. À cette distance et à l'œil nu, elle ne devait pas le voir plus grand qu'une fourmi, mais il sentait ou imaginait son regard sur lui. Il ne savait pas vraiment s'il était amoureux d'elle. Amoureux ? Ce terme était-il réservé à ceux qui peuvent avoir des relations de couple, ou voulait-il simplement dire qu'on éprouvait un très fort sentiment d'attachement pour une personne ? Si c'était ce deuxième cas, alors oui, il était amoureux ! Très amoureux, même ! Ce qu'il savait avec certitude, c'est que son cœur battait quand il la regardait et que ce qu'il souhaitait le plus au monde c'était d'être aimé d'elle. Il avait bien conscience que Masga aimait un autre homme, mais c'était comme ça ! Il devrait faire avec ! La seule chose à laquelle il pouvait prétendre, se disait-il, c'est d'avoir lui aussi une petite place dans le cœur de cette jolie jeune femme. Cette place serait forcément moins grande que celle qu'occupait cet homme, qu'elle voulait sauver des griffes de Mika Sakar ! Qu'importe ! il s'en contenterait. Il était même décidé à conquérir cette petite part du cœur de Masga en l'aidant à sauver celui qu'elle aimait. Bien sûr, ça le ferait souffrir de voir cet homme, mais lire une lueur de reconnaissance dans les yeux merveilleux de la jeune mute serait une sublime compensation. Cela le rendrait ivre de bonheur ! Dans la poitrine de ce terrifiant géant musculeux de trois cents kilos rêvait un cœur d'une tendresse infinie aussi fragile qu'une bulle de savon.

Dans l'équipe adverse, Alkos et Makysto le fixaient, l'air mauvais. Mieux valait se méfier d'eux, car ils avaient une revanche à prendre. Il les avait rudoyés la dernière fois. Qu'y pouvait-il ?! C'était la règle du jeu. Tout était permis pour gagner, on le leur répétait bien assez souvent. Or, Alkos et Makysto étaient les premiers à appliquer cette règle à la lettre et même avec un certain zèle. Dans quelques secondes maintenant le signal du départ sonnerait. La compétition serait rude. Il y aurait, comme d'habitude, son lot de morts et de blessés graves. Jalotant n'avait pas peur. Son amour lui donnait la solidité et la force d'un blindé. Il se sentait capable de vaincre sans difficultés. Jamais encore, il ne s'était senti aussi puissant. Il allait se battre pour elle. Se battre était la seule chose qu'il savait bien faire. C'était son seul moyen de la séduire un peu. Le trou carré dans lequel il lui faudrait mettre le cube était au bord du terrain, au milieu de sa largeur, du côté de Masga. Il lui suffirait donc de courir dans sa direction, c'était une chance qu'elle fut là ! Cela lui permettrait de le voir approcher d'elle dans sa course vers la victoire. Oui, elle était bien placée ! Il espéra qu'elle considérerait cette heureuse coïncidence comme un signe du destin.

Un haut-parleur tonna : « L'Apocalypse, en noir, contre Le Chaos, en rouge ! ». Un fort signal retentit alors ; il avait la sonorité d'un cor, mais il était bien plus puissant. Les deux équipes se ruèrent vers le cube de fonte. Le premier superlutteur qui réussirait à s'en emparer serait immédiatement soutenu et protégé par les siens. Après une dernière pensée pour Masga, Jalotant se précipita avec une hargne sans égale sur le cube convoité. Le terrible choc des titans au centre de l'arène fut accompagné d'une impressionnante clameur de la foule. Dans la brutale bousculade, Jalotant reçut un déluge de coups, mais c'est à peine s'il y porta attention. Cette nouvelle source de puissance, qu'il pensait sentir en lui, ne semblait pas être une illusion. Personne n'avait réussi à l'empêcher d'atteindre le cube. Il se baissa et le prit dans ses bras, serré contre sa poitrine. Restait à présent à parcourir cinq cents mètres pour atteindre le trou de l'Apocalypse. Malgré la protection de son équipe, Jalotant reçut immédiatement un terrible coup de genou dans son flanc droit. La douleur lui enserra la poitrine et le souffle lui manqua. C'était Alkos. À travers un voile bleu, Jalotant entraperçut son poing levé qui allait s'abattre sur son visage. Dans un sursaut de vigueur, il souleva violemment le cube en pivotant sur la droite. Alkos reçut deux cent cinquante kilos de métal sur le côté de la mâchoire. Il y eut un craquement sinistre et un lugubre hurlement de douleur que personne n'entendit dans le tumulte général. Alkos, la mâchoire brisée et déboîtée, courait tête baissée pour sortir du terrain. Un combattant de moins...

Masga, qui avait poussé un cri en voyant le coup porté à Jalotant, fut tout autant soulagée que l'agresseur ne fût plus en mesure de nuire, qu'horrifiée par l'incroyable brutalité de la riposte. Un des écrans géants montrait la retraite précipitée d'Alkos qui soutenait le bas de son visage monstrueusement déformé en courant vers la sortie. De tous les côtés, les cris des supporters de l'Apocalypse, galvanisés par cette première action, emplissaient l'atmosphère de passion et de violence. Des hurlements gesticulaient tout autour d'elle. Une épouvantable psychoémanation de férocité satura les récepteurs télépathiques de Masga qui se sentit soudain comme emportée par une tempête de barbarie. Elle en ressentit une atroce souffrance, bien plus forte que toute souffrance physique.

Les écrans géants montraient différents plans de Jalotant qui courait, le cube toujours serré contre lui. Personne ne semblait pouvoir l'arrêter. Son épaule droite était couverte de sang, son cou aussi. Il avait dû encaisser d'autres terribles coups. Masga réalisa qu'elle n'avait pas suivi tout ce qui s'était passé. Dans sa course vers le trou carré qu'il tentait d'atteindre, Jalotant se rapprochait d'elle. Il avait déjà parcouru la moitié du chemin qui le séparait de la victoire. Pour l'aider, ses coéquipiers faisaient tout ce qu'ils pouvaient pour écarter de son chemin les mastodontes du Chaos. Plusieurs corps appartenant aux deux équipes gisaient derrière les combattants. Des hommes courraient avec des brancards pour leur porter secours. Hélas ! pour certains superlutteurs on ne pourrait peut-être plus rien faire ; il y avait presque toujours des morts.

N'eût été Jalotant qui captivait son attention, Masga se serait sans doute évanouie de douleur dans cet océan de psychopuanteur hystérique. La minuscule silhouette du gladiateur moderne grandissait en approchant. Sa performance devait être exceptionnelle, à en juger par les mugissements des spectateurs et par les propos des commentateurs : « ... Plus que deux cent vingt mètres ! Jalotant Kass de l'Apocalypse vient de battre le record de la plus longue distance parcourue avec le cube ! C'est extraordinaire ! Trois cents mètres parcourus ! Plus que deux cents ! C'est extraordinaire ! Rien ne l'arrête ! C'est un char d'assaut ! C'est un brise-glace ! Une torpille ! ».

Masga crut distinguer l'esprit de Jalotant à la limite de sa perception et à travers la foule des esprits échauffés. La douce émanation familière se faisait de plus en plus précise. Bientôt, elle sentit nettement sa rage de vaincre, de vaincre pour elle parce qu'il l'aimait. Elle sentit qu'il puisait toute sa force dans ce sentiment. Elle sentit son ardeur à courir vers elle, son désir de la séduire et la touchante humilité de cet amour prêt à se contenter d'une infime place dans son cœur. Elle en fut bouleversée.

Un commentateur hurla dans les haut-parleurs : « Oh ! C'est terrible ! C'est la fin pour Jalotant ! Il n'était plus qu'à cent soixante mètres de la victoire et... C'est la dure loi du jeu ! ... ».

On avait plaqué Jalotant. Il était allongé sur le flanc, recourbé sur lui-même, le cube toujours serré contre son buste. On entendait dans les haut-parleurs le son des coups qu'il recevait de toute part.

Un frisson d'angoisse parcourut le corps de Masga. Elle se prit le visage dans les mains. Toute petite, au milieu de cet immense océan de passions brutales qui l'emportait dans ses remous de frénésie, elle trembla pour Jalotant. Elle sentit sa détermination à mourir plutôt qu'à lâcher le cube. Il s'était mis en tête de gagner ou mourir pour elle. C'était une situation abominable ! Pourquoi ? Pourquoi ? Elle sentit soudain l'esprit de Jalotant tout proche. Si proche que ça ne ressemblait plus à une odeur, mais à quelque chose d'indescriptible tant c'était nouveau pour elle. Une empathie exacerbée lui révéla tout ce que ressentait Jalotant avec une extraordinaire acuité. Avec autant de précision que si tout se passait en elle-même. On eût dit qu'il y avait un pont entre leurs esprits. Ne meurs pas, Jalotant ! Je t'en supplie ! pensa-t-elle. Ne meurs pas ! Je veux que tu vives. Je le veux si fort !

Jalotant, roulé en boule sous les coups, pensait à Masga. Soudain, une merveilleuse sensation entra dans son cœur. Il fut certain que Masga tenait à lui, qu'il ne devait pas mourir parce que ça lui ferait de la peine. Cette certitude l'inonda d'un bonheur immense. Il n'en avait jamais éprouvé de si grand ! Il s'empressa de lâcher le cube et de l'abandonner à ceux qui voulaient en faire quelque chose. La réaction fut immédiate : quelqu'un le prit et partit en courant. Ce nouveau porteur fut suivi par les autres, ceux qui tenteraient de le protéger et ceux qui essayeraient de lui faire obstacle. Il entendait les commentaires faire son éloge. Ils disaient qu'il avait battu un incroyable record en gardant le cube si longtemps sur une si longue distance. Jalotant s'en moquait complètement. Ce n'était pas ces compliments qui le rendaient heureux, c'était sa certitude que Masga avait tremblé pour lui et qu'elle le voulait vivant. Sa joie était si grande qu'il se mit à pleurer et quand les brancardiers vinrent le chercher, ils crurent que ses pleurs étaient dus à la douleur, car son corps était couvert de sang et affreusement contusionné. Comme cela le fit éclater de rire au milieu de ses larmes, ils crurent que des coups sur la tête l'avaient rendu fou.

Masga vit que le géant avait lâché le cube et que des brancardiers l'emportaient. Elle sentit qu'il était en vie et qu'il était même heureux de savoir qu'il avait de l'importance pour elle. Réalisant qu'elle avait le pouvoir de lui envoyer ses émotions, elle lui confirma qu'elle était transportée de joie de le savoir vivant.

***

Au cours de l'après-midi.

À travers les rideaux de la cuisine, on voyait passer beaucoup plus de monde qu'à l'accoutumée. Masga sentait tous ces esprits qui passaient dans la rue Sturanar. Certains s'arrêtaient sur le trottoir d'en face pour le plaisir de regarder où habitait le champion. Leurs admiratives conversations étaient très clairement captées par les récepteurs psychiques de la jeune mute. Nombreuses, celles-ci formaient un brouhaha psychique qu'elle finissait par ignorer.

Gabie se recula un peu pour admirer son œuvre. Son œuvre c'était la transformation de Masga.

— Je vais bientôt te montrer ! Attends encore un peu, dit la grand-mère en ajoutant, ici et là, encore un peu de teinte irisée sur le visage de la jeune mute.

Elle reprit les ciseaux sur la table et coupa deux millimètres sur quelques cheveux dans la nuque. Prenant encore une fois du recul, elle sourit et se décida à tendre le miroir à Masga. Celle-ci eut un sursaut d'étonnement.

— Je ne me reconnais plus ! s'exclama-t-elle.

— C'est ce que tu voulais, non ?! triompha Gabie.

Jalotant émit un rire grave qui n'eût pas dénoté sur quelque sympathique monstre, ou gorille géant. Il était assis dans un angle de la cuisine, sur son tabouret renforcé, adossé au mur. Comme d'habitude, les médecins de la Fédération de Superlutte avaient fait des miracles ! Pommade à base de nanorobots réparateurs de cellules et de tissus conjonctifs, accélérateur mitosique et autres soins intensifs avaient effacé une grande partie des dommages visibles sur son corps. C'était d'ailleurs cette même pommade miraculeuse que Gabie avait utilisée sur Masga. Toutes ses blessures et ses nombreuses contusions n'étaient plus qu'un souvenir pour la jeune femme. On en donnait à Jalotant après chaque combat.

En regardant son image, elle passa une main dans ses cheveux courts. Gabie les avait coupés et avait teint des mèches en rouge, des mèches en orange et des mèches en jaune. Masga toucha ensuite son nez.

— Ah ! Ah ! Ça change, pas vrai ?! s'exclama la vieille dame. Je n'ai pas été maquilleuse durant douze ans pour rien !

Les petits anneaux en plastique introduits dans les narines élargissaient légèrement la base du nez.

— Et les joues, hein ! Tu as vu les joues ? demanda Gabie, fière de son travail.

Elle lui avait placé des bourrelets de silicone à l'intérieur des joues et sur le devant tout le long de la gencive inférieure. Le visage paraissait un peu plus joufflu et la lèvre inférieure était légèrement plus avancée. Le fard était habilement sculpté de fausses rides qui donnaient au moins trente ans de plus. Masga ne se trouvait pas vraiment à son avantage, mais c'était réussi. On aurait du mal à la reconnaître !

— Tu ressembles à ces vieilles bourgeoises qui veulent jouer les jeunes filles !

C'est exactement ça ! pensa Masga.

Jalotant la regardait en se disant qu'il avait fallu toute l'habileté de Mém pour dissimuler sa beauté. Pensant à ce qui s'était passé durant la fin de son épreuve, il se demandait d'où lui était venue cette soudaine et merveilleuse grâce tombée sur lui. Pourquoi avait-il si soudainement et si fortement ressenti la douce certitude que Masga tenait à lui ? Il n'en avait pas la moindre idée, mais ça n'avait pas de réelle importance. Cette certitude le rendait heureux, ça lui suffisait. Son exploit sportif lui avait valu les félicitations des plus hauts dirigeants de la Fédération de Superlutte et une prime conséquente immédiatement versée sur son compte bancaire. Sa côte était indubitablement montée d'un seul coup. Il s'était servi d'une partie de cet argent, arrivé à point nommé, pour offrir à Gabie un nouvel holoviseur, un holov comme on disait plus communément. L'appareil venait d'être installé dans cette pièce, accroché à un mur au-dessus d'un meuble bas. Le son était réduit au minimum, mais Gabie gardait un œil dessus et chaque fois qu'on parlait de l'incroyable prouesse de Jalotant, devenu capitaine de l'Apocalypse, elle montait le son à un seuil presque inconfortable. Mém était trop âgée pour songer à s'équiper d'une céph. Cette chose trop moderne lui faisait peur. Lui aimerait avoir une céph. Il était certain que Masga devait en avoir une. Il lui demanderait conseil, elle était sûrement avisée en la matière. En la matière et en beaucoup d'autres choses d'ailleurs. Masga était très intelligente. Elle était loin de le montrer et elle ne disait pas tout ce qu'elle savait ; elle avait des secrets, il en était certain. Un jour, elle lui confirait ses secrets, parce qu'elle réaliserait de plus en plus qu'il était un confident de confiance. De ça aussi il en était certain, parce qu'il ferait tout pour être aimé d'elle. Autant qu'elle pourrait aimer un homme comme lui, bien sûr ! Ce ne serait sans doute pas aussi facile pour lui que pour un homme normalement constitué, mais il trouverait bien une manière de conquérir une place toujours plus grande dans son cœur. Il allait déjà lui permettre de rencontrer Mika Sakar, car Malia

Z'Go tenait beaucoup à revoir ce superlutteur qui faisait tant parler de lui d'un seul coup. Et comme elle choisissait les futurs athlètes du Parti Muticide chez le Premier ministre...

— On parle encore de ma p'tite chose ! s'écria Gabie en montant le son de l'holoviseur au maximum.

« Nous revenons sur l'information sportive qui captive tous les passionnés de superlutte : l'incroyable performance de Jalotant Kass dans l'équipe de l'Apocalypse de la Fédération de Superlutte. ... »

Une commentatrice retraça encore une fois le tour de force de Jalotant par le menu. Celui-ci souriait de voir Gabie si fière de lui. Pouce vers le haut, Masga lui adressa un clin d'œil complice et un sourire admiratif. L'holoviseur montra l'athlète sous différents angles tandis qu'il courait à vive allure en conservant le cube exceptionnellement longtemps, malgré la hargne de l'équipe adverse qui lui assénait les pires coups. Dès qu'on ne parla plus de son petit fils, Gabie baissa à nouveau le son et demanda :

— Alors ? Contente ? Je n'ai pas perdu la main, pas vrai !?

— C'est parfait, Gabie ! Parfait ! C'est vrai que je n'ai pas une allure très séduisante, mais c'est vrai que je suis méconnaissable !

— Ah ! ben, si en plus tu veux que je satisfasse ta coquetterie, ça sera plus difficile ! P'tite chose ! En tout cas, tu pourras accompagner Jalotant, demain. Si Mika Sakar te voit, il ne te reconnaîtra pas.

— Tu seras ma cousine, dit Jalotant. Je t'appellerai... euh... Luma, par exemple. Dac ?

— Dac, fit Masga. Je serai ta cousine Luma.

***

Le lendemain, à 9 h 30, on sonna. Gabie ouvrit la porte. Un homme vêtu en blanc des pieds à la tête resta sur le pas de la porte et dit :

— Bonjour, je suis venu chercher monsieur Jalotant Kass. Je viens de la part de madame Malia Z'Go. Je dois le conduire près d'elle, dans la résidence de monsieur le Premier ministre.

— Voui ! Je suis au courant ! C'est mon petit-fils, vous savez, c'te p'tite chose là !

— Ah ! euh... fit l'homme, en affichant un sourire mécanique.

— Il est là, avec sa... vieille cousine.

Gabie ouvrit plus grand la porte et s'écarta pour laisser passer Jalotant et Masga. Masga qui n'avait donc plus d'autre choix que de jouer le rôle de la vieille cousine du géant. L'homme inclina respectueusement la tête devant Masga, puis devant Jalotant et d'un signe les invita à entrer dans le grand roulant tout blanc qui attendait devant le trottoir, porte ouverte. Il y avait beaucoup de monde dans la rue, beaucoup plus que d'habitude. Masga sentit le tumulte psychique prendre de l'ampleur. Le prestigieux véhicule attirait les regards dans cette rue d'un quartier plutôt indigent, mais le voisinage n'était visiblement pas hostile à cette luxueuse intrusion qui mettait pourtant leur misère en exergue. Tous savaient que tout près de chez eux, au numéro 510 de la rue Sturanar, habitait un champion de superlutte devenu célèbre dans tous les mondes et ils en étaient très fiers. C'est avec le plus grand respect qu'on passait dans cette rue et qu'on admirait discrètement la porte derrière laquelle habitaient Jalotant Kass et sa grand-mère, Gabie Kass. Et, si depuis le triomphe du champion, il y avait dix fois plus de piétons qui foulaient le bout de trottoir qui passait devant cette maison, c'était parce que beaucoup voulaient pouvoir se dire : « Je suis passé devant chez lui ! » avant qu'il ne déménageât là où vivent les riches. Tout le monde trouvait tout à fait normal qu'un tel véhicule fût là. C'était bien le minimum qu'on devait à leur champion !

D'un signe, l'homme en blanc invita Masga à entrer dans le roulant. On devait se demander qui était cette dame d'un âge mûr qui accompagnait Jalotant Kass. Quelqu'un avait cependant dû entendre Gabie, car, de bouche à oreille, l'information selon laquelle il s'agissait d'une cousine du champion commençait à circuler. Dès que le géant fut dans le roulant, l'homme entra à son tour et referma la porte derrière lui. Le roulant était équipé de trois sièges de quatre places disposés l'un derrière l'autre. L'homme en blanc pria Masga et Jalotant de s'asseoir à l'avant et il prit place derrière eux.

— Chez monsieur Mika Sakar, dit-il au véhicule, en parlant devant le minuscule micro destiné à cet effet qui était accroché au bout de sa manche gauche.

— Vous confirmez que vous voulez aller chez monsieur Mika Sakar ? demanda la machine.

— Je le confirme, dit l'homme en blanc.

Le roulant démarra silencieusement, sous les yeux émerveillés et parmi les petits signes de main qui s'adressaient à Jalotant, le superlutteur y répondant aimablement de temps en temps.

***

Durant le trajet, qui avait duré une demi-heure, l'homme en blanc ne leur avait pas adressé la parole. Masga avait senti son esprit avec application pour essayer d'en extraire des informations. Qui était-il ? Savait-il quelque chose au sujet de Bého ? Mika Sakar avait-il parlé devant lui ? Elle avait été déçue de constater qu'il ne semblait pas au courant de quoi que ce soit au sujet de ce qui l'intéressait. Son nom était Fram Mokass. Il était une sorte de majordome, d'homme à tout faire... Elle avait eu du mal à lire sa véritable fonction en lui. Ses pensées superficielles étaient un méli-mélo d'intrigues familiales : petites querelles avec sa belle-famille et cachotteries qu'il faisait à sa femme, car il avait une maîtresse qui lui causait plus de problèmes qu'autre chose.

Le roulant ralentit devant un grand portail qui s'ouvrit à son approche et qui se referma dès qu'ils furent entrés. Ils roulèrent trois minutes sur une route ombragée, qui serpentait sous de grands arbres, avant de s'arrêter sur une surface plane, près d'une vaste demeure. Fram Mokass descendit et les pria de le suivre. Il les conduisit dans un petit couloir au bout duquel ils prirent un ascenseur qui les amena sur une terrasse ombragée par les hauts feuillages. Une femme blonde, mince, avec de grands yeux bleus les accueillit. Masga lut dans son esprit que c'était Malia Z'Go et qu'elle se demandait pourquoi Jalotant était accompagné par une gêneuse. Elle était vêtue d'une robe rouge moulante très échancrée dans le dos et tenait entre ses doigts fins un long porte-cigarette doré.

— Bonjour, Madame ! lança-t-elle, en tendant la main à la jeune mute.

— Bonjour, Madame ! répondit simplement Masga.

Le regard de Malia Z'Go se porta sur le géant :

— Bonjour, Jalotant ! Très heureuse de te voir.

Masga sentit une complexe libido s'emballer, tandis que la femme dévorait des yeux le corps du superlutteur. Elle gloussa en plaçant une longue cigarette au bout de son long porte-cigarette et dit :

— Alors, vous avez voulu accompagner Jalotant... Vous avez eu peur que je le mange ? Vous êtes parents ?

— Luma est ma cousine, intervint Jalotant. Je ne l'avais pas vu depuis plusieurs années, alors ça me fait très plaisir qu'elle m'accompagne.

— Je comprends. Voulez-vous boire quelque chose ?

Masga sentit très nettement dans son esprit impatient qu'elle cherchait un moyen pour être, le plus rapidement possible, seule avec Jalotant. Celui-ci ne savait pas trop ce qui l'attendait. Il était en train de se le demander. Masga sentit tout autant la psycho-odeur de son inquiétude que sa détermination à affronter cette peur pour elle, pour l'aider à retrouver Bého. Elle en fut profondément émue et se demanda si elle ne ferait pas mieux de libérer son ami de cette épreuve. À la manière de quelqu'un qui tend l'oreille, elle se concentra autant qu'elle put pour sentir les effluves psychiques les plus lointains, dans l'espoir de repérer la présence de Mika Sakar. Elle réalisa que Malia Z'Go attendait une réponse.

— Oui, excusez-moi ! Un Zlag, si c'est possible.

— Un Zlag, d'accord. Et vous, Jalotant, que voulez-vous boire ?

— Un Zlag, moi aussi, s'il vous plaît.

— Ce sera deux Zlags alors, conclut la femme en offrant à Jalotant un sourire coquin.

La timidité du géant exacerbait encore sa concupiscence. Masga capta quelques scènes dans ses fantasmes. Se faire appeler maman par ce colosse introverti, pour jouer le rôle d'une mère incestueuse, était un de ses désirs. Elle s'imaginait en train de le déshabiller, en lui disant des « Maman va s'occuper de toi ! » pour le lécher un peu partout. Pas de coït « en vue » pour l'instant, mais Masga fit ce qu'elle put pour ne plus « entendre » la suite afin de tendre à nouveau ses capteurs psychiques le plus loin possible. Elle y mit toute sa volonté. Hélas ! pas la moindre pensée de Mika Sakar à l'entour.

Malia Z'Go interrompit sa concentration pour lui dire :

— Voici votre boisson ! Vous pouvez vous étendre sur une chaise longue ou un bon fauteuil, le choix ne manque pas. Je vais vous proposer de vous détendre tranquillement ici, pendant que je

vais m'entretenir ailleurs avec Jalotant. Je suis désolée, mais la procédure de sélection est très se-
crète et ... enfin, vous comprenez, n'est-ce pas ?

— Oui, je comprends, bien sûr, dit Masga.

Elle sentit la tension nerveuse de Jalotant monter d'un cran. Il avait très peur de ne pas satisfaire
Malia Z'Go, de ne pas être à la hauteur et de tout
gâcher. Masga jugea qu'il avait déjà assez donné,
que ce n'était pas la peine de lui infliger plus longtemps ce supplice. Elle décida de précipiter les
choses et de faire comprendre à Jalotant qu'elle ne
lui en demandait pas plus. Au moment où la sélectionneuse allait demander à Jalotant de la suivre,
Masga ajouta :

— Monsieur le Premier ministre est là ?

Une émanation de surprise atteignit les récepteurs psychiques de la jeune mute déguisée en
vieille cousine. Cette dernière décida de ne pas lui
laisser le temps d'élaborer un mensonge, elle ajouta :

— Je voudrais le voir. C'est très important !

— Je... euh...

La femme se demanda si cette cousine en était
vraiment une et si elle avait accompagné Jalotant
dans le but délibéré de voir Mika Sakar ou si elle
avait affaire à un caprice spontané.

— Monsieur le Premier ministre n'est pas là,
dit-elle. Je vous l'aurais bien présenté, mais...

Masga ne détecta aucun effluve de mensonge.
Elle demanda :

— Nous sommes bien dans sa résidence, n'est-
ce pas ?

— Oui, mais il n'est pas là en ce moment ! Il me
laisse recevoir les superlutteurs dans cette partie

de son domaine, c'est un arrangement entre nous, parce qu'il m'a confié la responsabilité de monter l'équipe de superlutte du Parti Muticide.

Elle porta son long fume-cigarette à la bouche d'un geste lent et voluptueux, tira une bouffée et sourit à Jalotant avec un air chargé de sous-entendus pour ajouter :

— Je suis la sélectionneuse !

— C'est bien dommage ! fit Masga.

— Quoi donc ?

— Que le Premier ministre ne soit pas là, c'est ça qui est dommage ! Voyez-vous, je suis en quelque sorte la conseillère de vie de Jalotant. Il me fait entièrement confiance. Bien sûr, la Fédération de Superlutte pourrait faire pression sur lui pour qu'il fasse de son mieux pour vous plaire, pour passer vos critères de sélection. Mais, il ne le fera pas de bon cœur. Il pourrait même refuser depuis qu'il est si connu. La Fédération de Superlutte tient beaucoup trop à lui pour exiger qu'il satisfasse vos fantasmes s'il n'en a pas du tout envie. Moi, en revanche, je pourrais le convaincre...

Interloquée, la femme regarda la pseudocousine sans répondre. Ses pensées étaient embrouillées : frustration, ego blessé, curiosité, agacement... La frustration fut la plus forte, car elle la poussa à négocier :

— Et donc, en échange de votre aide pour obtenir ce que je désire, vous voulez que je vous fasse rencontrer Mika Sakar ! C'est bien ça ?

Jalotant regarda sa fausse cousine d'un air perdu. Masga lui fit un très léger clin d'œil accompagné d'un sourire rassurant. Le géant se demanda si son imagination était trop active ou si c'était à juste titre qu'il fut soudain persuadé que Masga ne voulait pas qu'il donne à cette femme ce qu'elle attendait. Cette conviction le rendit heureux.

— Vous êtes une femme intelligente ! répondit simplement Masga.

— Je vous promets de lui en parler à la première occasion.

— Je vous remercie. En attendant cette occasion, nous allons prendre congé de vous.

— Mais... fit Malia Z'Go, tandis qu'une forte senteur de frustration atteignait Masga.

— Oui, je sens que cette conversation a épuisé Jalotant. Vous savez ! Un champion de ce niveau ! Ça demande beaucoup de soins, croyez-moi ! La Fédération de Superlutte tient tellement à ce qu'il reste en pleine forme ! Vous serez très aimable de nous faire reconduire chez nous.

Les violentes pensées qui envahirent l'esprit de Malia Z'Go dégagèrent une émanation très forte. Elle aurait volontiers précipité Masga dans le vide par-dessus la barrière de la terrasse. La frustration de la sélectionneuse était grande, très grande, mais ne sachant pas quel rapport il y avait entre la puissante Fédération de Superlutte et cette cousine mal venue, elle préféra ne pas se mettre en danger, d'autant qu'elle n'était pas chez elle. S'il y avait des complications, Mika Sakar ne serait pas content d'y être mêlé. Masga sentit qu'une proposition se formait dans ses circuits neuronaux et qu'elle était sur le point de l'exprimer :

— Vous pouvez rester ici, jusqu'à ce que monsieur Mika Sakar arrive. Je lui parlerai de votre vif désir de le rencontrer et...

Un léger vrombissement l'interrompit. Un volant passa dans le ciel sans nuages.

— Tiens ! s'exclama la sélectionneuse, l'attente ne sera pas longue, le voilà justement qui arrive.

Le volant s'immobilisa dans les airs à deux cents mètres de là avant de descendre lentement, disparaissant derrière de grands arbres. Elle dit :

— Je vais le contacter.

« Appeler Mika », prononça-t-elle, à l'intention de sa céph.

Deux secondes après s'en suivit une conversation céphonique :

« Mika, oui... Je voudrais te présenter une personne qui tient absolument à te parler. .... Euh... Luma... C'est une cousine de Jalotant Kass. Elle dit qu'elle veut te rencontrer, ça semble très important pour elle. ... ... D'accord, c'est entendu. »

— Voilà ! Quelqu'un va venir vous chercher pour vous emmener près de lui. Vous voyez, cela n'a pas été bien difficile !

Lisant ses intentions, Masga répliqua :

— En effet ! En ce qui concerne... euh, comment dire ? Disons « l'examen de sélection », que vous comptez faire passer à Jalotant, je donnerai mon accord après mon entrevue. Je ne veux pas prendre le risque de l'accepter prématurément, car pour le moment il n'a pas encore véritablement eu lieu. N'est-ce pas ?

De nouveaux effluves de frustration et de colère dominée s'épanchèrent sur la terrasse.

— Si c'est possible, demanda Jalotant, j'aimerais attendre en bas, en me promenant dans la forêt du domaine. Je n'irais pas loin. Vous me retrouverez facilement.

Malia Z'Go émit un rire contrefait avant de répondre d'une voie trahissant son irritation :

— Bien sûr ! Même si je n'ai jamais dévoré un superlutteur ! De toute façon, nous pouvons descendre. Jalotant pourra se promener et cela évitera à celui qui vient vous chercher de monter.

À peine sortis, ils virent un homme approcher à pied sous le couvert des arbres.

— Je viens chercher la personne qui veut voir monsieur Mika Sakar, dit-il.

— C'est cette dame, indiqua Malia Z'Go.

L'homme passa un détecteur d'armes le long du corps de Masga, devant, derrière et sur les côtés, puis il dit d'un air grave en tendant le doigt :

— Allons par là ! Marchez devant moi.

Masga sentit l'inquiétude de Jalotant. Avant de se mettre en marche, elle se retourna et lui sourit d'un air confiant.

***

L'homme avait conduit Masga à l'intérieur d'une autre résidence située à quelques centaines de mètres de celle qu'elle avait quittée. Il l'avait laissée dans une salle en la priant de s'installer dans un fauteuil confortable. Elle attendait là, assise. En face d'elle, il y avait un autre fauteuil identique au sien. Rien d'autre autour. C'était une pièce sans fenêtres, toute blanche, vide de toute autre chose que ces deux fauteuils. L'éclairage venait d'une seule photole, au plafond. Alors qu'elle jetait un regard vers la porte fermée, se demandant quelle était la suite de cette mise en scène, Mika Sakar apparut brutalement, assis en face d'elle. Elle sursauta.

— Bonjour ! dit-il. Excusez-moi de vous avoir fait attendre. Comme vous vous en doutez, vu ma brutale apparition, vous êtes en train de regarder mon hologramme, de même que je suis en train de voir le vôtre en ce moment. Je sais que vous avez déjà été fouillée, mais en matière de sécurité il vaut mieux pécher par excès que par défaut. Vous vouliez me parler... eh bien je vous écoute !

Masga avait préparé quelque chose à dire pour justifier sa demande, mais, sous l'effet de la surprise, elle mit quelques secondes à s'en souvenir. Mika Sakar la fixait avec un regard amusé qui la gênait horriblement. Elle avait l'impression d'être une enfant qui le faisait sourire. De plus, la raison pour laquelle elle avait tant souhaité rencontrer cet homme n'était pas satisfaite : elle ne captait évidemment aucune pensée en provenance de cet hologramme. Elle ne pourrait donc pas lire dans son esprit où était enfermé Bého, ni aucun autre renseignement à son sujet. Sa déception fut si grande que, l'esprit ailleurs, elle oublia plusieurs secondes qu'il attendait qu'elle s'exprimât. Elle le réalisa soudain :

— Je voulais vous rencontrer parce que j'ai entendu parler d'une conspiration contre vous. J'ai pensé que le mieux était de vous en parler personnellement, sans intermédiaire.

Elle attendit une réaction de sa part en tendant ses capteurs psychiques à l'extrême. Où se trouvait-il physiquement ? Dans une pièce très voisine ? Elle l'aurait senti, au moins un peu. Mais,

elle ne recevait absolument pas la moindre émanation psychique. C'était l'échec total ! Elle eut un
moment d'abattement. Être venue jusqu'ici pour
rien ! La réponse de Mika Sakar arriva :

— Ne vous creusez pas la tête pour imaginer un
prétexte à notre entrevue, Masga Kie. Je vous ai
beaucoup cherchée, figurez-vous ! Je viens à l'instant d'apprendre que j'avais de fortes chances de
vous trouver rue Sturanar, au numéro 510 précisément. Je m'apprêtais à vérifier cette information
en me rendant moi-même sur place et voilà que se
produit l'imprévisible. Je n'avais pas imaginé une
seconde que c'est vous qui viendriez à moi ! Euh,
sinon... Je dois dire que je vous préfère sans ce déguisement !

— Mais ! ...

Ceci fut la seule répartie de Masga.

— Ne soyez pas déçue ! Un peu de patience et
vous verrez que vous n'êtes pas venue pour rien.
Je vais vous révéler quelque chose qui vous inté-
ressera beaucoup, en tant que mute, j'en suis sûr.

Il se tut trois ou quatre secondes, sans doute
pour lui laisser le temps de se remettre de cette
autre surprise. Son expression, toujours amusée,
se fit en même temps bienveillante. Masga était
impressionnée par le personnage. Ses yeux
brillaient d'intelligence.

— Oui, reprit-il, je le sais. Je sais depuis longtemps que vous êtes une mute. Je le savais avant
même que vous ne le sachiez vous-même ! Laissez-moi vous apprendre quelque chose. Je vais
vous raconter la vie d'un mut. Mais avant souhai-
tez-vous que je vous fasse servir quelque chose ?
Avez-vous soif ?

Masga fit non d'un léger signe de tête en ajoutant :

— Je n'ai besoin de rien. Je vous écoute.

— Tout a commencé par un enfant qui grandissait anormalement vite. C'était un enfant très défavorisé, comme on dit par euphémisme pour ne pas dire pauvre. Il vivait dans les rues, de mendicité, de vols et des pires choses que la misère peut nous conduire à faire pour survivre. Ce jeune garçon ne connaissait pas ses parents. Il ne savait plus quand ni comment son errance avait commencé. Si les progrès scientifiques et technologiques de l'humanité ont été incontestablement très rapides, elle n'a que très peu évolué socialement. Cependant, malgré ce retard de philanthropie collective, la générosité existe dans le cœur de certains. L'enfant trouva plusieurs fois refuge chez les uns et chez les autres. Trois jours chez l'un, une semaine chez un autre... Comme l'enfant se déplaçait beaucoup, la plupart du temps pour éviter d'être puni pour ses rapines, personne ne remarquait qu'il grandissait anormalement vite. Il n'y portait pas cas lui même puisqu'il n'avait aucun élément de comparaison et qu'il se souciait peu de connaître son âge. Il finit par avoir la taille adulte. Assez rapidement alors, il lui arriva des choses étranges. Devinez-vous quoi ?

— Non, fit simplement Masga.

Cherchant un moyen d'approcher réellement Mika Sakar, elle écoutait cette histoire sans y accorder toute son attention. Elle était là pour lire dans son esprit pas pour écouter ses anecdotes.

— Eh bien, figurez-vous qu'il eut de plus en plus souvent l'impression de savoir ce que les gens, hors de portée de son ouïe se disaient. Curieux, n'est-ce pas ?

Il marqua une courte pause pour lui laisser apprécier la chose. Ce qui fut fait ; la curiosité de Masga fut soudain ravivée. Il poursuivit :

— Oui, comme c'est arrivé pour vous, Masga ! Cet enfant était un mut. Vous le devinez. Peu de temps ensuite, il constata qu'il pouvait lire les humeurs tout d'abord, puis de plus en plus précisément les pensées des gens autour de lui. Il était entraîné à la solitude et à la méfiance, aussi se garda-t-il de le révéler. Il garda cela pour lui. Mais ce nouveau pouvoir, fraîchement découvert, changea sa vie. Vous pensez ! Quelqu'un qui lit dans les pensées !

Il commença par déclarer son existence pour obtenir une identité officielle. Il se fit passer pour un amnésique qui ne savait plus qui il était. Les tests ADN ne donnant rien, on lui donna temporairement le nom qu'il souhaitait porter et un âge approximatif de vingt ans, en le prévenant bien que l'enquête se poursuivrait et que cette situation était provisoire. En lisant dans les pensées de ceux qui s'occupaient de cela, il manœuvra en exerçant des pressions sur eux. Tout le monde a des jardins secrets, des fantasmes... des choses qu'on ne veut pas voir apparaître au grand jour. Bref ! La question de son identité était réglée. Il obtint même une date de naissance vraisemblable par rapport à son aspect.

Mika Sakar s'arrêta encore pour demander :

— Toujours pas soif ? Tout va bien ?

— Non, merci. Tout va bien.

— Mon récit ne vous ennuie pas, j'espère ?

— Je vous écoute, dit Masga, de plus en plus intriguée par cette histoire. Lui parlait-il de Bého ?

— La deuxième chose qui améliora considérablement son existence fut un autre chantage. Il avait repéré dans une foule un riche industriel de l'alimentation. En lisant dans son esprit, il avait appris beaucoup de choses sur lui, notamment qu'il était marié, qu'il avait trois enfants et deux maîtresses... Plus quelques aventures sans lendemain, mais toujours gênantes. Il demanda à l'homme de lui verser une importante somme d'argent, sur un compte qu'il venait d'ouvrir, en échange de son silence. Le pauvre type qui commençait à se lancer dans la politique eut bien trop peur du scandale médiatique ; il céda sans résistance. Je suppose qu'il doit toujours se demander comment son maître chanteur avait pu être au courant de toutes ses cachotteries. Ses autres victimes de l'état civil qui ont officialisé son identité aussi, d'ailleurs !

— Le crime n'est pas si grand que ça ! déclara Masga. Il faut voir d'où vient cet homme, ce qu'il a vécu. Il s'est défendu comme il l'a pu avec ses armes, c'est tout. Tout cela ne mérite pas une sanction disproportionnée. Si vous parlez de Bého...

Mika Sakar rit :

— Laissez-moi poursuivre. Cet homme a utilisé son pouvoir sur les esprits pour gravir l'échelle sociale très rapidement. Il est aujourd'hui fortuné et très influent politiquement. Accordez-moi un instant, je vais vous le présenter.

L'hologramme de Mika Sakar disparut brutalement. Masga resta sans réaction, ne sachant que penser de tout ça. Elle attendit. Pas longtemps ! La porte s'ouvrit et Mika Sakar, cette fois-ci en personne selon toute vraisemblance, vint s'installer sur le fauteuil en face d'elle, exactement à la place qu'occupait à l'instant son hologramme. Cette fois, elle fut pourtant certaine que c'était bien lui, car elle percevait très clairement ses émanations psychiques. Sans ouvrir la bouche, il communiqua :

« Je ne parlais pas de Bého. Le petit garçon des rues c'était moi. C'est bien de moi que je parlais. »

Après un moment de stupeur elle se demanda pourquoi il était le représentant politique le plus hostile envers les muts puisqu'il en était un !

Masga et Mika Sakar eurent alors une conversation télépathique. En une seconde, ils se dirent ce qui prendrait des minutes à l'aide de la parole. Par ce moyen, l'échange d'informations est déjà beaucoup plus rapide, mais en plus le processus alterné du dialogue classique n'est pas nécessaire. Chaque personne puise les informations qu'elle désire dans l'esprit de l'autre, l'échange n'est donc pas alterné, mais simultané. Masga n'avait pas constaté cela lors de son premier échange télépathique avec Modalls. Ces nouvelles facultés étaient à peine naissantes à ce moment et le choc qu'elle avait ressenti en découvrant sa nature les avait presque étourdies. Voilà à quoi ressemblerait cet échange d'à peine une seconde traduit en mots :

Elle perçut la réponse du Premier ministre :
« Tout simplement parce que, du poste que j'occupe, il m'est facile de contrôler ce mouvement, de le modérer, de le faire échouer quand c'est néces-

saire et aussi parce que ça me permet de diriger tous les enragés qui nous chassent. Je les ai souvent près de moi et je connais toutes leurs intentions en lisant leur esprit. Je les manœuvre, je fais échouer leurs plans... Je suis au meilleur poste pour les combattre. »

Masga pensa :

« Mais alors, ce n'est pas vous qui gardez Bého prisonnier !? »

« Bien sûr que non ! Bého est mon fils. »

« Mais, il s'appelle Bého Thaiz, pas Bého Sakar ! »

« J'ai utilisé les moyens que j'avais employés pour moi afin de lui donner une autre identité, au cas où on finirait par me démasquer, par savoir que je suis un mut. »

« Où est-il en ce moment ? »

« Je ne le sais pas ! Je soupçonne très fortement Mox Purol d'être le responsable de sa disparition. »

« Mox ! Ce salaud ! »

« Oui. Impossible de mettre la main sur lui ! Il a disparu quelques heures après que Bého n'ait plus donné signe de vie. Bého avait infiltré son agence pour essayer d'en savoir plus sur lui, car nous le soupçonnions de faire partie d'un groupe antimut officieux extrêmement radical. »

« Alors Bého s'est servi de moi pour infiltrer l'agence de Mox Purol ! »

« Oui. Mais qu'est-ce que cela change en ce qui concerne les sentiments qu'il vous porte ? Cette infiltration lui a donné l'occasion de vous connaître, c'est tout. Je vous accorde qu'une rencontre champêtre, au milieu des fleurs et des papillons, eût été plus romantique, mais... pourquoi une occasion serait-elle plus louable qu'une autre ? »

« Oui, bien sûr... Mais je suis simplement surprise. Je pensais que notre rencontre était le fruit du hasard ! »

« Elle l'est. Puisqu'il aurait pu tomber sur une autre personne que vous pour faire la même chose. Ou un autre que Bého aurait pu faire ce travail à sa place. »

« C'est vrai... Donc Bého a mis notre rencontre en scène ! »

« Oui »

« Comment savait-il que j'allais me mettre à courir après un mut à cet endroit précis ? »

« Parce que le mut que vous avez pris en chasse était son complice, il faisait partie de ce que vous appelez cette mise en scène. Les deux femmes qui vous ont incité à le poursuivre aussi, elles faisaient partie du piège que nous vous avons tendu. »

La colère monta en Masga. Mika Sakar, qui la sentit, pensa :

« Bého est très vite et très sincèrement tombé amoureux de vous, Masga. Je fais appel à votre intelligence. Il était en mission et sur le chemin de cette mission il vous a rencontrée. Il ne pouvait pas être loyal envers vous avant de vous connaître ! N'est-ce pas ? »

« Bien sûr ! pensa-t-elle, en se calmant. C'est l'évidence même ! Donc tout ça pour approcher Mox Purol en toute innocence... »

« Oui. Mais Bého en a profité pour faire d'une pierre deux coups, comme on dit. Il mit à exécution une idée à lui. Une excellente idée, au demeurant ! Celle du détecteur de mut. »

Durant cette silencieuse conversation, Mika Sakar chassait, de temps en temps et ça et là, d'invisibles poussières sur son impeccable costume noir. Lisant que Masga notait cette manie, il dit avec la voix :

— Oui, je pense que mes années de vie dans la crasse sordide de la plus grande indigence m'ont donné un goût immodéré et même maniaco-obsessionnel pour la propreté.

« Détecteur de mut ! Mais... ? »

« L'idée consiste à faire croire qu'on a découvert un détecteur de mut et de faire fabriquer cet appareil en très grand nombre. Et aussi, bien entendu, de le faire distribuer dans le plus de foyers possible. »

« Dans quel but puisque... !? »

« En fait, ce n'est pas un détecteur, mais un appareil destiné à produire des muts... »

« ? »

« Ses rayonnements sont mutagènes. Ils sont soigneusement établis pour produire les mutations nécessaires pour que les enfants futurs de tous ceux qui ont été exposés à l'appareil soient des muts à la naissance. Je peux vous assurer que dans peu de temps, nous serons largement majoritaires. Et puis, les parents ne voudront jamais porter atteinte à leurs enfants, n'est-ce pas ? Donc ceux qui voudront nous combattre seront bientôt très peu nombreux. Grâce à l'idée de Bého, nous avons définitivement gagné la guerre des gènes. »

Masga eut l'équivalent mental d'un sifflement exprimant la surprise admirative d'un coup bien joué et totalement inattendu. Mika Sakar ne lui laissa pas le temps de mettre toutes ces informations en ordre dans sa tête :

« Voyez-vous Masga, je ne suis pas heureux de cette situation parce que je suis un mut et que, par conséquent, je souhaite que mes gènes triomphent. Il était important de trouver un moyen d'accélérer la mutation de l'humanité, car je crains fort que les muts ne soient pas fondamentalement meilleurs que les hommes. Une longue cohabitation des deux entités aurait fatalement abouti à une rapide domination des muts. Il y a la même différence entre un mut et un humain qu'entre un humain ordinaire et un aveugle ! Certains muts auraient fatalement abusé de leur pouvoir. Grâce à l'idée de Bého, cette période de transition sera la plus courte possible. Je suis simplement persuadé que cette évolution est une fantastique opportunité pour la race humaine, même si paradoxalement nous sommes en droit de nous demander si elle le sera toujours, humaine, cette race future. Ce qui compte c'est que les créatures à venir ne pourront plus se mentir. La duplicité n'existera pas entre muts. Fini les mensonges et autres sophismes ! Les muts construiront une nouvelle société, plus belle, plus harmonieuse. Plus humaine, car plus humaine. Je veux dire : davantage humaine, car non encore humaine. »

« Plus de mensonges et plus de chantage, comme vous l'avez pratiqué... »

Masga regretta cette pensée, mais elle n'avait pu empêcher qu'elle survienne en elle. Mika Sakar sourit.

« Vous voyez que vous ne pouvez pas me mentir ! Oui, j'ai utilisé le chantage, c'est vrai. Vous étiez prête à le pardonner à Bého, en prenant même sa défense avec beaucoup de passion ! »

Masga rougit. Elle pensa :

« Je veux bien croire que ce qui nous attend dans le futur est une bonne chose. De toute façon, nous ne prenons pas beaucoup de risques ! N'est-ce pas ? Ce serait difficile pour les muts de faire pire que les humains ! Cela dit, je ne sais toujours pas où est Bého ! »

« Nous espérions votre collaboration pour essayer de le découvrir. »

« Nous ? »

« Je vous ai envoyé un de mes hommes, ou de mes muts si vous préférez. Il s'appelle Modalls. Il devait vous contacter. J'ai lu dans votre esprit qu'il l'a bien fait et aussi ce qui lui est arrivé devant vos yeux. Puis votre course... Gabie Kass et Jalotant... vos efforts pour me voir... »

« Pourquoi avoir commencé à me parler à distance avec cet hologramme ? se demanda Masga. »

« Parce que je voulais vous parler de mon histoire à ma façon, dans l'ordre que j'avais choisi. Je ne voulais pas que vous vous serviez dans mon esprit toute seule, comme vous êtes à présent en train de le faire, au risque de ne pas me comprendre assez vite. Appelons ça une coquetterie ! Je voulais vous apparaître sous le meilleur jour possible ! »

« Pourquoi ? »

« Mon fils vous aime ! C'est une raison largement suffisante. »

« Ah ! c'est pour ça que vous me souriez de cet air bizarre, dans le bureau de Mox Purol, alors ! »

« Air bizarre, moi ?! »

Ils rirent tous les deux.

« Vous comptiez sur moi pour retrouver Bého... De quelle manière puis-je aider à le retrouver ? »

« Mox Purol avait disparu de la circulation pour nous. Nous pensions que vous pouviez peut-être plus facilement que nous le contacter et l'approcher pour lire dans son esprit où est Bého. Nous avons essayé de le localiser grâce à sa céph, mais il ne l'utilise pas. Je le soupçonne de retenir Bého prisonnier. »

« La dernière fois que j'ai eu un contact avec lui, c'était en céph. Il m'a dit qu'on avait découvert que Bého était un mut, qu'il avait disparu, que vous étiez furieux et que vous l'aviez rétrogradé de sa place de Guide Premier. »

« Il n'a jamais été Guide Premier, il ne risquait pas de l'être. Tous mes Guides Premiers sont des muts, bien sûr ! Je lui avais fait cette promesse dans l'espoir que la convoitise de cette proportion l'incite à faire beaucoup de publicité au détecteur de mut. »

« Vous avez dit que vous le soupçonniez de faire partie d'un groupe extrémiste. Mais, vous avez pu le vérifier en lisant dans son esprit, quand nous étions ensemble dans son bureau. »

« Oui, j'en ai eu la confirmation. J'ai appris que ce mouvement est extrêmement prudent. Il n'y a pas de lieu de rencontre fixe, il change chaque fois. Les membres ne semblent pas connaître l'identité des autres, ils se désignent entre eux par des numéros. Mox Purol est le numéro six. C'est le numéro un qui décide de tout, dates et lieux des réunions... Il n'était donc pas facile d'apprendre quelque chose sur ce groupe obscur dans l'esprit de Purol. »

« Je comprends. Je suppose que le moment et le lieu de rendez-vous devaient lui être communiqués au dernier moment... »

« C'est ce que nous avons également supposé. Bého a tout fait pour rester dans ses parages en attendant que les informations d'un prochain rendez-vous lui soient communiquées. »

« Et c'est à ce moment-là qu'il a disparu ? supposa Masga. »

« Précisément, oui. »

« Je me souviens d'un détail : vous vous trompiez sans cesse en prononçant le nom de Mox Purol. À croire que vous le faisiez exprès. »

« J'essayais de l'irriter un peu. De le déstabiliser. C'est plus facile de lire dans un esprit dans l'émotion que dans un esprit froidement calculateur. »

« D'accord, je comprends à présent ! Question subsidiaire : comment m'avez-vous retrouvée ? »

« J'ai fait jouer mes relations. J'ai demandé à ceux qui en ont le pouvoir, car c'est leur travail, de vous chercher. Ils ont tout simplement utilisé les images satellites pour suivre votre course. »

« Tout simplement ! pensa Masga. »

« Je vous propose une réponse à cette autre question, non subsidiaire celle-là, que je vois traîner dans votre esprit : ce ne sont pas des muts qui ont tué vos parents et votre frère. Ce sont des hommes. »

« ?! »

« Oui. Des hommes d'un cercle fermé d'extrémistes, peut être le même que celui dans lequel sévit Mox Purol, ou bien un autre qui lui est proche. Leur but était de semer la terreur et le ressentiment autour de la communauté des muts. »

« D'où vient cette information ? »

« Bého et moi-même l'avons vu dans l'esprit de Mox Purol. S'il vous a accueillie avec tant de gentillesse, c'est pour se servir de vous. Le Parti Muticide recueille une jeune femme dont les parents ont été sauvagement assassinés par des muts en furie, ça fait une belle image ! Il racontait ça assez souvent aux nouveaux membres pour que ça circule. Il leur demandait de ne pas en parler, par égard pour vous bien sûr ! »

Masga resta un moment comme étourdie par cette information. Percevant sa confusion, Mika Sakar lui laissa le temps de réorganiser son esprit. Avait-elle passé tant de temps à haïr le mauvais ennemi ? Apparemment oui... sa haine s'était donc complètement trompée de cible ! Toute cette énergie perdue pour une mauvaise cause ! Comme tout cela semblait dérisoire et ridicule à présent ! Si dérisoire et si ridicule qu'elle n'eût même pas la force de redresser le tir, de rediriger sa haine vers qui que ce soit d'autre. Elle se sentait simplement abattue.

Une autre question enfouie au fond d'elle repassa au premier plan de sa conscience :

« Pourquoi ne me suis-je jamais rendu compte que j'étais une mute avant que Modalls ne me le révèle ? Pourquoi, puisque nous les muts nous grandissons plus vite, j'ai eu une croissance tout à fait normale, moi ?! »

« Quand vos parents se sont très vite aperçus que votre croissance était anormalement rapide, ils vous ont fait subir un traitement hormonal pour la ralentir. Ils ont eu peur de la mutaphobie environnante. Ils voulaient vous protéger. Vous avez donc grandi comme une petite fille humaine. »

« Comment savez-vous cela ? »

« J'ai retrouvé le médecin mut qui a fait le traitement en question. Ça n'a pas été difficile. Ceux qui m'ont donné votre adresse sont capables de bien d'autres choses, notamment de connaître la liste des médecins consultés par telle ou telle personne. Ça s'appelle un service de renseignement. J'ai vu ce médecin qui m'a tout expliqué : vos parents sont venus le voir pour lui demander un examen général. Il a secrètement lu dans leur esprit qu'ils étaient très préoccupés par votre rapide croissance et qu'ils avaient très peur pour votre sécurité si on venait à découvrir un jour que vous grandissiez trop vite. Aussi n'ont-ils pas parlé de ce fait. Le docteur Al Bitto, c'est son nom, a senti qu'ils pouvaient leur faire confiance, d'autant plus que ce serait dans l'intérêt de leur fille de garder le secret. Après vous avoir revue plusieurs fois en quelques mois, vous et vos parents, il a avoué à ces derniers qu'il était lui-même un mut et qu'il existait un moyen sans danger de ralentir la croissance de la petite Masga. Il paraît que vous n'êtes pas la seule, que d'autres parents de muts ont utilisé cette pratique. Les vôtres ne vous en auront jamais parlé pour vous mettre à l'abri, sans doute pour éviter que vous ne vous trahissiez par excès de confiance. »

Masga prit encore un temps pour digérer cette nouvelle information.

« Moi qui étais venue pour vous soutirer des informations ! pensa-t-elle. J'étais loin de me douter que j'allais apprendre tout ça ! »

Mika Sakar sourit :

« Vous m'avez tout autant surpris en venant à moi ! »

« Je vais essayer de rencontrer Mox Purol pour retrouver Bého, décida la jeune mute, changeant brusquement le cours de ses pensées. »

« Comment comptez-vous pratiquer ? »

« Je vais me rendre au parti de la place des Grands Platanes. »

« Même avec ce déguisement, vous n'y pensez pas, Masga ! Si vous êtes reconnue ? N'oubliez pas ces hommes qui ont capturé Modalls ! Jalotant vous a débarrassé de votre poursuivant d'une manière pour le moins définitive, mais les autres sont toujours nuisibles. »

« Mais que faire, alors ? »

« Ça demande à être préparé. Je vais organiser quelque chose. Vous serez accompagnée par quelques-uns de mes meilleurs hommes. Oui enfin, mes meilleurs muts... C'est paradoxal vu ce que je suis, mais j'ai des difficultés à me faire à ce terme, car je m'efforce tous les jours de faire en sorte qu'il ne m'échappe pas, voyez-vous ! Je fais tout pour paraître un homme aux yeux de tous. Mais, je digresse, je digresse ! Je propose donc de préparer votre approche de Mox Purol et de vous faire protéger par cinq ou six de mes meilleurs muts. »

« D'accord, beau papa ! pensa Masga. »

Mika Sakar sourit de la boutade, mais la jeune mute sentit très nettement combien elle lui avait fait plaisir. Elle fut touchée par la sensibilité du terrible Mika Sakar. Ce dernier sentit à son tour son propre sentiment.

***

Le magnifique roulant tout blanc dû ralentir, car il y avait beaucoup de monde dans la rue, à deux cents mètres de la maison de Jalotant. On s'écartait cependant pour le laisser passer en manifestant une respectueuse curiosité pour les passagers, en particulier pour le champion qui avait réussi à garder le cube si longtemps. Masga percevait quelques paroles dans le brouhaha psychique : « Il a presque doublé le précédent record ! », « Il a gardé le cube plus de trois cent quarante mètres ! », « Je me souviens quand la Fédé a commencé à s'intéresser à lui... », « Je le connais bien ! », « Enfant, il jouait avec mon fils... », « Je lui ai déjà parlé ! », « Je suis son voisin. », « Je me suis déjà entraîné avec lui... », « Vous habitez dans sa rue ? », « Il ne va pas rester longtemps ici, il est trop célèbre à présent... ».

Il avait été convenu, entre elle et Mika Sakar, qu'elle se rendrait demain matin à l'agence du Parti Muticide de la place des Grands Platanes, sans son déguisement, pour essayer de rencontrer Mox Purol. Accompagnée par six muts discrètement armés, elle prétexterait vouloir les présenter pour en faire de nouveaux adhérents.

Le véhicule s'arrêta à cent mètres de la maison du champion adulé.

— Je vous propose de vous laisser ici, dit Fram Mokass, l'homme tout en blanc de Mika Sakar. Il y a trop de monde !

Masga et Jalotant approuvèrent et descendirent. Dès qu'ils prirent pied sur le trottoir, celui qui était venu les chercher ici même demanda au roulant de faire demi-tour pour retourner chez le Premier ministre. Obéissant docilement, la machine disparut. La foule forma un cercle autour du géant et de la jeune mute qui était presque assourdie par le tumulte psychique autour d'elle. Il ne lui était pas plus facile de distinguer clairement un fil de pensée dans toutes ces émanations psychiques qu'il est facile de détacher une seule conversation dans le brouhaha d'une foule, cependant quelques noèses distinctes arrivaient çà et là : « Il est là ! », « Je le vois en vrai, devant moi ! », « Il est beau ! » « Admiration. », « Envie. », « Jalousie. », « Fierté. », « Curiosité. », « Respect. », « Dévotion... ». Soudain, son cœur fit un bond. Comme on croit fugitivement reconnaître une voix familière parmi des centaines d'autres, il lui sembla avoir perçu une flagrance psychique connue. Cela n'avait duré qu'un très court instant. Cette « voix psychique » lui disait quelque chose, mais elle ne parvenait pas à l'associer à un visage, à une personne... L'impression avait été trop brève. Si brève ! Une hallucination, sans doute ?!

Tandis qu'ils marchaient, on se reculait pour les laisser passer. Le cercle de foule se déplaçait avec eux. Jalotant souriait timidement à ceux qui osaient l'interpeller. Gabie ouvrit la porte et fit quelques pas vers eux. Elle adressa quelques signes de la main et des sourires à l'entour, exactement comme si cette foule était là aussi un peu pour elle.

— Entrez mes p'tites choses, dit-elle. Entrez !

Elle s'approcha de Masga et lui souffla à l'oreille :

— Il y a quelqu'un pour toi à la maison. Je pense que tu vas être surprise !

— Pour moi ? s'étonna Masga. Mais comment est-ce p...

Sa question fut tronquée. Elle n'eut pas besoin d'entrer pour être frappée de stupeur.

Ce qui l'avait un instant intriguée tout à l'heure se reproduisait à nouveau, mais beaucoup plus nettement cette fois. Une flagrance psychique familière arrivait jusqu'à elle. N'en croyant pas son nouveau sens, elle se précipita dans la maison pour vérifier. C'était bien lui ! Debout près de la table, Bého souriait.

**

Ils s'enlacèrent et une conversation télépathique s'engagea entre les deux amants qui se retrouvaient. Pour Masga, c'était la deuxième expérience de ce type et cette fois encore, en un éclair, ils se dirent ce qui prendrait un temps considérablement plus long avec des mots.

« Bého ! Tu es là ! Comment c'est possible ? Depuis quand ? »

« Oui, je suis là, ma chérie ! Je viens à peine de m'évader. J'ai aussitôt contacté mon père qui m'a dit où tu étais. Je suis là depuis moins de cinq minutes. J'ai été reçu par cette dame qui a été très aimable avec moi dès que je lui ai dit qui j'étais. »

« Oui, j'étais chez lui pour essayer de sentir en lui où il te gardait enfermé. »

« Je vois en toi des traces de ta surprise quand il t'a appris qu'il était mon père et que c'était probablement Mox Purol qui me retenait prisonnier. »

« Très surprise, en effet ! »

« J'espère que tu vas vite enlever ce déguisement ! Je te préfère sans ! »

Il émit l'équivalent d'un rire mental.

« Je vais m'en débarrasser tout de suite, répondit-elle avant de rire de la même façon. »

« Oui, Mox Purol avait une double activité politique. Officiellement et donc très visiblement, il était Guide au Parti Muticide de la place des Grands Platanes, comme tu le sais. Mais, par ailleurs, il avait un grade important dans un groupe antimut beaucoup plus radical. Un groupe qui pratiquait la torture chimique et les implants cérébraux pour obtenir des renseignements. Les membres du Parti Muticide sont modérés, en comparaison ! Mox Purol y était seulement pour trouver de nouvelles recrues pour ce groupe extrémiste. »

« Comment a-t-il su que tu étais un mut ? »

« Je pense qu'ils ont des moyens d'enquêter à l'état civil. Ma fausse identité doit avoir une faille quelque part. Ils l'ont découverte. »

« Comment t'es-tu libéré ? »

« Tu sais, quand on peut lire dans les pensées c'est si facile de manipuler les hommes ! »

« Mais encore ? »

« J'étais enfermé dans une maison de campagne retirée. Il y avait cinq hommes avec moi. Ils s'appelaient par un numéro, comme tu le sais, mais je pouvais facilement lire leur nom dans leur esprit. Ce numéro représente la hiérarchie, Numéro Un étant leur chef à tous. Numéro Sept, s'appelait Hamator Mahal. Il était en rivalité avec Mox Purol, qui était Numéro Six. J'ai senti dans son esprit que cette rivalité était très forte et qu'il avait une terrible rancœur envers Numéro Six. Numéro sept devait me faire une injection pour essayer de me faire parler. J'ai profité d'un moment où nous étions seuls tous les deux pour lui dire que j'avais les moyens de nuire à Numéro Six, mais que j'avais besoin de son aide. Il a été méfiant, mais je l'ai rassuré en lui expliquant que je haïssais cet homme qui me le rendait bien et qu'il avait tout manigancé pour me mettre injustement dans cette situation. Je savais bien que l'injustice de mon sort n'aurait pas empêché Numéro Sept de dormir, mais je lui racontais cela pour déjouer la méfiance que je sentais en lui. Je lui ai dit que Numéro Six avait peur que je sois libre parce que j'avais l'intention de l'attaquer en justice pour meurtre. Il m'a demandé des preuves. Je lui ai dit que je ne pouvais pas lui en donner dans ma situation, mais qu'il était avantageux pour lui de prendre le risque de me croire. Si je lui mentais, cela ne ferait qu'un mut de plus en liberté ; si je disais la vérité, Numéro Six serait condamné. »

« Il a marché ? »

« Pas tout de suite. J'ai lu dans son esprit ce qui motivait son fort ressentiment. Il y a dix ans de ça, cela se passait sur la Lune, Mox Purol a eu une aventure avec une certaine Silji Mahal, la sœur de Numéro Sept. Or il se trouve que les Mahal sont de confession morapienne. Il y a eu une très violente dispute entre les deux hommes à l'époque, car Hamator Mahal a vite été au courant de leur idylle. Mox Purol a appris de Silji que, dans son emportement, le morapien voulait le tuer. Il a eu peur et s'est enfui. C'est à ce moment-là qu'il a quitté la Lune pour venir vivre sur Terre afin de se faire oublier du morapien offensé. Le hasard a fait que neuf ans plus tard, ils se sont rencontrés dans ce groupe antimut radical. Mox Purol n'a pas reconnu l'homme qui voulait sa mort ; il faut dire que d'un salon de plastique corporelle à l'autre, Hamator Mahal a considérablement changé son apparence. Numéro Sept a en revanche bien reconnu Mox Purol dès qu'il l'a revu, il y a un an. Sa rancune ne s'est pas dulcifiée ! Au contraire, il pense qu'il a été injustement désigné au numéro six à sa place. Il m'a suffi de lui murmurer que Mox Purol clamait à qui voulait l'entendre qu'il avait défloré sa sœur, et que son frère n'avait rien fait pour sauver l'honneur, pour qu'il perde tout contrôle de lui-même. Comment ce type le saurait-il, si ce n'était pas vrai ? l'ai-je senti penser. Il est devenu complètement fou de rage. Une rage comme je n'en avais encore jamais perçue. Elle me faisait presque mal à l'esprit, c'était comme un terrible hurlement psychique dans ma tête. Il a bondi dans la pièce voisine. J'ai entendu du vacarme. Je suis allé voir. Hamator Mahal s'acharnait sur le cadavre de Mox Purol. Trois hommes sont arrivés en courant pour intervenir, l'un d'entre eux était Numéro Un. Hamator les a abattus avec une arme de poing à rayon et a recommencé à serrer le cou du cadavre de Mox Purol en le secouant dans tous les sens. J'ai profité de la confusion pour m'enfuir. »

« C'est affreux, mais c'est tout de même à hurler de joie de te retrouver sain et sauf ! Mais, dis-moi, pourquoi ne m'as-tu pas révélé toi-même que j'étais une mute, puisque tu l'avais vu dans mon esprit ? »

« J'ai failli plusieurs fois le faire, mais ce n'était pas facile. J'avais peur que tu ne me croies pas, que tu sois tellement déstabilisée que Mox Purol remarque quelque chose, ce qui aurait été dangereux. Je m'étais promis de le faire plus tard. »

Ils communiquaient depuis un peu moins de deux secondes quand Gabie et Jalotant entrèrent, presque à la suite de Masga.

— Bého, je te présente Gabie et Jalotant, dit la jeune mute. Gabie, comme tu as dû t'en rendre compte, est la plus aimable des personnes. Elle m'a adoptée comme si j'étais sa propre petite-fille et c'est la plus gentille des grands-mères. Quant à Jalotant, c'est simplement le plus grand superlutteur de tous les temps !

Bého et Masga sentirent un petit pincement dans le jardin secret du géant. Un petit pincement de tristesse à la vue de son rival et un élancement de joie sincère à l'idée que cela rendait Masga heureuse. L'émouvante antinomie des sentiments qui cohabitaient dans ce grand cœur les toucha profondément tous les deux.

— Bonjour, Jalotant ! dit Bého en tendant la main. Je suis vraiment très content de saluer un grand homme comme vous. Vous pouvez être fier de ce que vous êtes.

Sur ce dernier mot, Bého retint un gémissement. Ce géant avait une poigne ! Il avait bien failli lui broyer la main ! Serrait-il la main de tout le monde ainsi, ou avait-il eu droit à un régime de faveur ? Ce qu'il lisait dans l'esprit de ce monstre semblait corroborer cette dernière hypothèse. Masga eut du mal à retenir un rire.

Fin